新潮文庫

悪意の手記

中村文則著

新潮社版

9634

目次

悪意の手記

『手記1』

十五の時、酷《ひど》い病気をした。TRPという、不吉な響きの、聞き慣れない病だった。もちろん自分の行った殺人を、この病気のせいだというつもりはない。ただ、手記を書くにあたって、このことから書き始めた方がいいと思ったまでだ。

正式の名称を、血栓性血小板縮減性肥大紫斑《しはん》病、という。文字通り血小板の異常などにより体内のあらゆる場所から出血し、紫の斑点が出、様々な合併症を起こして八〇%が死に至る、という病だった。血漿《けっしょう》交換、薬物療法など近年導入されてはいるが、効果のないこともあり、未《いま》だに病の全容も解明されていない。私はその病にかかった。要するに、治療が効かない場合、八〇%の確率で死ぬ、ということだった。

人間の生死を単純にパーセンテージ化する医療の習慣を、恨む余裕もなかった。大きな特徴もない、地味な子供だった。一人で本を読み、物事を考え込むような傾向はあったが、友人もいたし、日々を何気なく過ごしていた。「ウイルス性の特殊な風邪だが時間が経《た》てば治る」という両親や医師の嘘《うそ》は、入院の二日目で私にばれてしまった。その日の夜、眠ろうとしていた時に部屋のドアをノックする者がいた。今でも、あの時ドアを開けなければ、と思うことがある。その出来事は唐突に、心構えとは無関係に私を突くことになった。看護婦だと思った私は、返事をしても中々入ってこない相手を不審に思いながらもドアを開けた。そこには、青い服を着た少年が立っていた。私はその姿を見、短かく悲鳴に似た声を上げた。彼の容貌《ようぼう》を、今でも鮮明に思い出すことができる。酷く痩《や》せ、その顔は頭蓋骨《ずがいこつ》に薄い皮膚が付いているようだった。剝《む》き出しになった歯茎には歯が付いておらず、落ち窪《くぼ》んだ皮膚からこぼれるように、丸く大きな目が突き出ていた。少年は、息を飲んで立ち竦《すく》んでいる私に向かって「あんたの病気知ってるよ」と言った。

「え？」

「さ、さっき、立ち聞きしてたんだ。あんた、本当は死んじゃうんだ」

「は？」

「だから、あんたは死んじゃうんだ」

「何言ってるんだよ、からかってるなら……」

「からかってないよ。に、二〇五号室ってここだろう？　間違いないよ。T先生がYさんと話してるのを、聞いたんだよ」

Tとは私の主治医の名前で、Yはよく病室に来る看護婦の名前だった。一瞬、言おうとした言葉を忘れ、彼の言葉が深く入り込んだ。だが、すぐ気を取り直した。

「そうやってからかっておもしろいか？　もう遅いんだから、早く病室に戻れよ」

「ほ、本当だよ。お前、血の混ざったオシッコ出るんだろう？　ずっと熱が高くて、この間なんて、皮膚から、いっぱい、いっぱい、血が出てきたんだろう？　し、知ってるよ、お前の病気。すごい病気だな。知ってるよ」

「帰れよ、今すぐ」

「お前、死んじゃうんだよ。お、俺と、一緒」

あの時、少年は声を上げて笑った。突如私の人生に入り込んだ何かの使者のような少年は、心底嬉《うれ》しそうに、その身体《からだ》では苦しいはずなのに、いつまでも笑い続けた。

しかし、私はそれどころではなかった。自分の病状が知られている恥ずかしさと、薄々気がついていた、この病気に関する不安を突かれたからだ。強引にドアを閉め、一睡もせず翌日主治医を呼び、病気に関する説明を求めた。自分が立ち聞きしていた、と嘘をついた。私はどんな表情をしていたのだろう、医師は恐れたように顔を歪《ゆが》めていた。その場では何も聞けなかったが、二日後、両親が立ち会い、気味が悪いほど静まり返った部屋の中で、本当の病名が明らかにされた。母は泣き、嘘をついていたことを何度も謝った。私はパイプの椅子《いす》にもたれ、机の角を凝視しながら、いつまでも動けなかった。視界が狭まり、鼓動の激しくなる心臓は痛く、身体のどこにも力が入らなかった。思えば、あれは私が体験した、圧倒的ともいえる、人生初めの暴力だった。涙が出たのは、睡眠薬で眠った翌日の朝だった。死ぬ、という可能性は、それだけで私を押し潰《つぶ》していた。身体が震え、布団《ふとん》をかぶり、うつ伏せになりながらいつまでも泣いた。私は十五だった。看護婦も、両親でさえも、見たくはなかった。

医師達はしかし、張り切っているようだった。顔は深刻さに満ちていたが、百万人に一人がなるという奇病を前にした高揚を、隠しきれていなかった。アメリカから医師が来日し、地方からも研修のためか、学生のような医師が続々と集まっていた。試みられる治療は、様々な薬物の投与と、血漿を輸注することだった。アスピリン、ジピリダモール、ステロイド、ビンクリスチン、γ《ガンマ》グロブリン、聞き慣れない薬品が、次々と用意された。「必ず、治療は成功するから」医師は自信を見せて言った。「だから死ぬ恐怖など感じることはない。医学は確実に進歩してる。絶対に、君を、助けてみせるから」

医師は熱意に溢《あふ》れていたが、私の精神はもう死んでいたのだと思う。病状からくる虚脱感、高熱、立ちくらみにくわえ、身体中に紫色の斑点が吹き出始めた。自分の身体が腐っていくようなその印象は、私に恐怖しか与えなかった。そして何より私を弱らせたのは、幻覚を初めとする、精神の錯乱だった。なぜ血小板の異常が脳神経の異常を誘発するのか、私にはその繋《つな》がりがわからなかったが、この病の最も顕著な症状の一つということだった。私はよく言葉を忘れ、気がつくと一時間や二時間、自分がその間何をし、何を考えていたのか覚えていないことがあった。幻覚の前には、必ず頭痛と、痙攣《けいれん》に襲われた。目の前に、紫の斑点が見えるのだった。白い壁にも、タイルの床にも、看護婦の着ている服にまで、斑点が付いていた。蟻《あり》とも、蜘蛛《くも》とも区別のつかない昆虫が全身を這《は》い、後には寒気がするほどの痒《かゆ》みがあった。私はよく、爪《つめ》を立てて身体中を掻《か》いた。血が出るまで掻き続け、肉片が爪の間に入り込んだこともあった。

薬を使って眠ると、よく同じ夢を見た。広大な、宇宙に似た暗闇《くらやみ》の中で、姿をなくした自分が漂っている夢だった。遥《はる》か遠くには、どこまでも続く長い光の束が見えた。その無数の粒が線状に連なった光の束は、真ん中の辺りが微かに膨らんでいた。私はそれを見ながら、あそこに皆がいるのだ、と思った。あそこには様々な生活があり、幸福があり、苦しみがあるのだろうと。自分はもうすぐ、そこからいなくなる。自分は永遠にその光の束とは無関係に、遠く離れた場所で、このまま消えていくのだと思った。光は眩《まぶ》しく、キラキラと微かに揺れ、涙が出るほどに美しかった。私は光の束に焦《こ》がれ、羨望《せんぼう》しながら、許しを請《こ》うように眺めた。目が覚めた時、実際に泣いていたこともあった。

死の恐怖から逃れるために私が考えたことは、しかし希望ではなかった。治療の効果が一向に表れず、医師達の動揺が目につく状況の中で、希望に意識を傾けるには、私の精神は病み、疲れていた。私は、死ぬという現象を受け入れる努力をした。死ぬ覚悟ができさえすれば、それにうろたえ、恐怖することもなくなるだろうと思ったからだ。でもそれは自分の今までの生を肯定し納得するのではなく、また、全《すべ》てを覚悟して死ぬ準備をするというものでもなかった。つまり、生それ自体を否定する、という方向へ自分の意識を向けた。私が焦がれたあの光の束を否定し、無価値とすること。死んだとしてもかまわない、いや、むしろ死ぬこと自体を喜んで肯定しようとすること。そうすることで、自分に差し迫った死の恐怖から逃れようとした。ガラス張りの個室で、様々な器具に繫がれながら、起きている時間の殆《ほとん》ど全てを、その思いに費やした。私はまず、どうせ人間はいつか死ぬのだ、という、よく言われている考えを念頭に置いた。しかし「いつか」という部分、その予定の定まっていない、半永遠的に感じられる漠然とした時間を、やはり中々諦《あきら》めることができなかった。どうせいつか死ぬとは言っても、私には確かにまだ時間があったのだし、その間に自分が経験するだろう人生を、無価値とすることは難しかった。そのことは常に、私を激しく打ちのめした。諦めることができないと言っても、もうすぐ死ぬ私は諦めざるをえないわけであり、その願望は、恐怖と悲しみを助長するだけだった。私は、否定しなければならなかった。恐怖に狂いながら死んでいく状況は(常に私が思い浮かべ、身悶《みもだ》えしたその状況は)どうしても避けたかった。それは最後の、死を目の前にした私の最後の、抵抗のようなものだった。

そうした裂かれるような矛盾の中で、次第に、周囲を憎悪《ぞうお》するようになった。自分だけが死に、周囲の人間には生が約束されていると思うだけで、もがくように胸が苦しくなった。私の精神は腐り、自分の中にあった明るさ、多少なりとも好ましかったものは、その憎悪に圧されるように、意識に浮かばなくなった。病状が悪化し、全身に激痛が走る毎日の中で、目に入る全てのものを憎悪し、聞く音、そして生自体をも憎悪し始めた。自分を助けようとする医師達に対しても、幻覚で視界が定まらない中、暴言を吐いたこともあった。あの時の私は確かに、理性を欠いていた。増幅された憎悪は、理屈を超え、理性を超え、病状からくる精神の異常を伴いながら、全てを呑《の》み込んでいた。あの時の私を、どんな言葉でも説得することは不可能だっただろうと思う。そしてその憎悪は次第に、諦めることのできなかった、自分に残されるはずだった時間、あの光の束の否定へと私を突き動かした。

私はまず、人間というものを、死にたくないと思い続けながら必ず死ぬ存在、と定義し、結局のところ一つの動物に過ぎず、喜んだり悲しんだりはするが、他の生命体を殺して肉を食らい、排泄《はいせつ》を繰り返す、ポンプのような容器に過ぎない、と考えた。自分も含めた全ての人間をくだらないものであるとし、そのくだらないものが生きている人生をくだらないと考えた。人間を見る度に、「あれはいつか必ず死ぬ生き物だ」と呟《つぶや》くことにした。多感な時期だった私を苛々《いらいら》させた、看護婦を初めとする様々な女達が目に入る時も、「あれは肉に過ぎない」と呟くことにした。人間は様々なことに気を取られながら、死への恐怖を忘れ、束《つか》の間《ま》の時間の中で一喜一憂しているのだ、たとえこれから生きたとしても、死への恐怖を忘れながら、習慣の中で時間を過ごすだけだ、そしてまた死が目前に迫った時、思い出して恐怖するのだろう。私は、諦めることができなかった生を、病からくる精神の錯乱と自分の憎悪の力を借り、克服しようとしていた。不規則に浮かぶ思念は、いつまでも留まることがなかった。美や愛情、道徳や夢、そういった、自分とは無関係になったものを、激しく憎み始めた。私は憎悪する存在として、世界に対峙《たいじ》した。こんな仕組みで成り立っているこの世界を、肯定してはならないと思った。こんな成り立ちの世界の中で、しがみついてまで生きてはならないと、自分に言い聞かせた。苦痛が身体に走る度に、反抗しろ、と頭の中で呟いた。恐怖を感じながら死んではならない。死を悲しいと、思ってはならない。全て、くだらないと思え。血漿の輸注が効果を見せず、血漿交換の段階に入る中、集中治療室の中で私は、うわ言のようにそう口ごもっていた。

なぜ、あの時の私は憎悪から抜け切ることができなかったのか。なぜ憎悪ではなく、もっと美しい死の迎え方ができなかったのだろうか。不治の病に襲われながらも強く生き、周囲の人間達に多くのことを伝えながら病に対峙する人間はたくさんいる。なぜ私はそうできなかったのか。それは残念なことだが、私の精神というか人格が、強いものではなく、美しくなかったからだというしか、説明できない。病気からくる精神の異常や、十五という年齢を考えても、言い訳できるものではないように思う。

アメリカ人医師と、奇妙な会話をしたことがあった。その頃、もう私は別人のようになっていた。身体中に痛みがあり、幻覚や目眩《めまい》が酷く、意識がはっきりしているのは日に二、三時間程度だった。名前がLから始まるその医師は、T医師と共に部屋に入ってきた。私はぼんやりとした意識の中で、奇病患者と死ぬ前に話したいのだろう、と思っていた。勤める大学に帰った時、不幸にもTRPで死んだ患者との会話を、彼は授業の中で自慢げに話すのだ。私はうんざりした。微笑《ほほえ》みを浮かべた彼の顔を見ると、気分は一層悪くなった。

「気分はどうだ、と聞いてるよ」

同じく微笑みを浮かべたT医師が、私に通訳する。気分がいいわけがない。だが私はゲームのように「今は落ち着いています」と答えた。T医師を介して私の言葉を聞いた彼は、絞り出すように笑みを浮かべた。私は、その顔から視線を逸《そ》らした。

「酷く痩せてしまったね、と言ってるよ」

「ええ、そうですね」

「抗鬱剤《こううつざい》を投与したいと思っているが、他の薬との兼ね合いもあるから、我慢して欲しい、と言ってるよ」

「大丈夫です」

「L先生は今、教授会用にレポートを作成してるんだよ。君の病気のレポートだ。だから、これは二人の闘いだ、自分のためにも、このレポートを成功のレポートにしたい、と言っている」

「……」

「いや、もちろん、私のレポートなど大した意味はなく、君の改善を祈ってるし、君を救いたい」

「ありがとうございます」

「神に祈ろう。神は、きっとあなたを助けてくださる。一緒に、祈ろう、と言っているよ」

その時、私の神経に強く障《さわ》るものがあった。私はそこで、ゲームをやめた。

「日本に、神なんていませんよ」

T医師の表情が一瞬曇った。だが、私は別に構わなかった。

「それは、どういう意味か、と聞いてるが…」

「いや、大した意味じゃないですよ。日本の若い人の多くは、神なんて信じていないと思います。キリスト教のことだって、殆ど何も知りませんよ。年をとった人が、多少仏教を信じてるだけです」

T医師は、私の態度が反抗的に変わったことに気がついているようだった。だが、私の言葉を直接理解できないL医師は、なおも微笑みながら私の顔を眺めていた。

「神は、いる。あなたを見守っている。祈りましょう、私も一緒に祈る、と言っている」

多分L医師は、私と退屈な神学論を議論するつもりなどなかっただろう。ただ、社交辞令のように、神のことを口にしただけなのだと思う。だが、私はそれに飛びついた。多分、自分の中に噴き上がる憎悪を、直接人間にぶちまけてみたかったのだ。私は、死を前にした自分の頭にちらつき、苛々させた神という概念に（それはキリスト教というものではなく、一般的に、十五の私が考える神というイメージだったが）唾《つば》を吐きたい衝動に襲われていた。

「そうやって祈ってきた人間を、神は全員見捨てたんですよね？」

「疲れてるのだね。もう休みなさい」

「通訳して下さい。例えば……、そう、例えば砂漠の真ん中で飢えた子供がいたとして、それも他の人間が悪いのではなく、まったくの事故で、そこに放り出されてしまったとして、その子供が飢え、祈ったとしても、神は助けないんでしょう？　黙って見ているんでしょう？」

T医師は顔を歪ませながら、私の豹変《ひょうへん》振りを見ていた。L医師は、まだ微笑みを浮かべT医師の通訳を待っている。視界が霞《かす》み、頭痛が始まった。私を見下ろしている二人の大人の顔に、紫の斑点《はんてん》がうっすらと浮かんだ。

「天国に行かせるんですか？　そこで帳尻《ちょうじり》を合わせるんですか？　日本人の僕には、全然わかりませんよ。……死の恐怖を味わっている子供を取りあえず見捨てるような奴《やつ》に、神の資格なんてあるんですか？　大体、神が人間を創《つく》ったのなら、もっと完全に創ればいいんだ。人間が罪を犯したのなら、それを最初に発見した時に、創り直せばよかったんだ。死なんて、最初から与えなければいい。残酷じゃないですか。不死の奴に、死ぬ奴の気持ちなんてわかるはずがないじゃないですか。人間に責任などあるわけがない。不良品に責任をもつのは、それを作った会社であるべきでしょう？　神の責任ですよ。違うんですか？　そんなインチキな奴のことなんて、信じられるわけがない。あなた達の顔にも斑点が見えますよ。斑点が出てもそう言えますか？」

T医師は穏やかな表情をつくり、L医師に何かを言った。L医師は頷《うなず》きながら、私の顔を心配そうに覗《のぞ》き込んでいた。多分、幻覚が始まりうわ言を言い始めた、とでも通訳したのだと思う。L医師は私に向かって、軽く十字をきった。私はなおも何かを言おうとしたが、喉《のど》が痺《しび》れ、しばらくの間喋《しゃべ》ることができなかった。

後から聞いたのだが、L医師は敬虔《けいけん》なカトリック信者であるということだった。面倒だったのもあるだろうが、T医師はそういった理由から、私の言葉を通訳してくれなかったのだと思う。彼らが出ていった後、T医師だけが私の元に戻ってきた。彼は穏やかな表情で、「何だか、すまなかったね。いたずらに君を興奮させてしまった」と言った。

「いえ、別にいいんです。すみませんでした。つまらないことで熱くなったりして」

「いや、つまらないことじゃないよ」

T医師はそう言い、花瓶に入った枯れかかった花を、いたずらに手で触り始めた。

「君は、カントとかを、読んだことはあるか？」

「いえ、ありません」

「そうか、そうだよな。君はまだ十五だし、普通そんな本読まないよな」

T医師は笑い、花を抜き取って水を切った。そして、入れ替えなきゃな、と独り言を言った。

「私も学生の時に一度読んだきりなんだが、確か彼は、こんなことを書いていたよ。神がいるかどうかという問題は、人間の理性を超える問題だって。大事なのは、信仰することだと」

T医師は私を真《ま》っ直《す》ぐに見た。何かを言い返そうとしたが、意識がもうろうとし、彼の顔もぼやけて見えた。

「私は神のことなんて深く考えたこともないし、あまり興味もないんだが、でも、いたらいいな、と思うよ。いてくれた方が、いいような気がする。そう考えた方がいいじゃないか。今日は、もう眠りなさい。希望を捨てたら駄目だよ」

私はしかし、希望をもつことができなかった。その頃の私はもう、死ぬことをむしろ望んでいたような気がする。どんな温かい言葉も、理解することができなかった。病で歪《ゆが》み、憎悪にまみれた私の精神は、どんな言葉も受け入れなかった。告白するが、感情を憎悪にまかせる時、確かな喜びがあったのを覚えている。時に、それは喜びを越え、明確な快楽として、私の精神を興奮させたこともあった。それは死を前にした私が得た、たった一つの喜びだったような気がする。それは理論ではなく、思念の固まりとして、病気の進行と共に私を浸食していった。私の精神は、あの頃に一度、確かに死んだ。どんな言葉も、奥底に出来上がった、ドロドロとした思念の固まりを通過すれば、たちまち効力を失ってしまった。

それからしばらくして、青い服の少年が死んだ。私に病名を告げた、あの骸骨《がいこつ》のような少年。彼と二度目に話したのがいつ頃だったか、詳しく覚えていない。いずれにしろ、アメリカ人医師Lとの会話の前後だったような気がする。彼はまたも、夜中にドアをノックした。私はどういうわけか、その音を聞いただけで相手が彼であることに気がついていた。「入れよ」と言うと、少年はニタつきながらおずおず入ってきた。

少年はしばらく私の顔を黙ったまま見ていたが、やがて、歯のついていない歯茎を剝《む》き出しにして、ハウハウ、と笑った。

「な、何だか、この前より、ずっといい顔してるよ。は、斑点も、濃くなってるし。な、何か、別人みたいだ」

「じゃあ、人違いじゃないのか？　用が済んだなら帰れよ」

「死ぬんだね、もうすぐ。ふ、不吉な空気が、漂ってるよ。怖いだろう？　君は、し、死ぬんだよ」

少年はまた笑った。骨がくっきり浮かび上がったその両腕で、ドアの取っ手にしがみついていた。

「だね。俺は死ぬよ。でも別にお前に関係ないじゃないか」

「し、死ぬのが、怖くないのかい？」

「わからない。でも、もうどうだっていいんだ。何だっていいんだよ。うんざりだ。もう帰ってくれないか」

「どうしたんだよ、そ、その言い方は。な、何かあったのか？」

「そうか」と私は言った。「お前こそ、死ぬのが怖いんだろう？　怖いから、俺を巻き込もうとしてるんだろう？　仲間意識？　悪いけど、俺はそんな気分じゃない。さっき薬を飲んだからとても眠い。いいから帰れよ」

「俺は、し、死ぬのなんて怖くない」

「嘘《うそ》つけ」

「ほ、本当だ。お、俺は、死ぬのが楽しみなんだ。ゆ、幽霊になって、みんなを呪《のろ》い殺してやるんだ」

「幽霊？」

「そ、そうだ。み、みんなを、俺を笑った奴らを、の、呪い殺してやるんだ」

少年は床のあたりを凝視しながら、怒りのためか、身体《からだ》を小刻みに震わせ始めた。

「ほ、本で、読んだことがある。強い思い……、憎い、とか、悲しい、とか、そういうのを、め、めちゃくちゃ強く残して、死んだ人間は、幽霊になるって……。ほ、本で、読んだんだ。俺は、み、みんなを、呪い殺してやるんだ。ク、クラスの奴らは、く、釘《くぎ》で、目玉をえぐってやる。な、泣いてるあいつらの上に乗って、グサグサって、刺してやる…。お、女共は、みんな裸にしてやる…。裸にして、同じように、殺してやるんだ…」

「でも」と私は言った。少年はこちらを見ようとしなかった。何があるのかわからないが、白いタイルの床の一点を、いつまでも凝視していた。

「幽霊になんて、なれないぞ。そんなもん、いるわけないだろう？　お前は馬鹿《ばか》だ。そんなに憎いんなら、今のうち殺しに行ったらいいだろう。お前はきっと、ただ死ぬだけだ。消えてなくなるだけだよ。みんなは平和に、楽しく暮らしていくんだ。ひょっとしたら、お前が死んでせいせいするかもしれない」

あの時私は、わざとそう言った。死を前にした小さな少年に、今の自分がこういうことを平気で言えるのかを、試したのだった。私は平気で言えた。少しの満足を、感じたほどだった。私は少年が泣き始めるのを待ったが、彼はひるまなかった。逆に、私の方を、薄気味悪い笑みを浮かべ眺めていた。

「なれるよ。きっと、なれるよ。い、今、決めたよ。君も、呪ってやる。呪いのノートに、君の名前も、書いておくよ。まあ、君はそんなことしなくたって、もうすぐ死ぬんだけどね。き、君は、もうすぐ、もうすぐ…」

少年はそれから、甲高い、彼には似つかわしくないほどの大声を上げて、あの時と同じように、叫ぶように笑った。目を剝き出しにし、歯のない歯茎を見せながら、これ以上ない喜びに包まれた人間がそうするように、腹に手を当て、心から嬉《うれ》しそうに、いつまでも、いつまでも、笑っていた。猫背で、骨のように痩《や》せた、背の低い十、十一歳の子供の狂気に、私は驚きを感じていた。それは確かに、人間の子供とはいえなかった。(あの時の私もそうであったのかもしれないが)何かに憑《つ》かれた、奇怪な悪魔のようだった。笑い声を聞きつけた看護婦が少年の手を摑《つか》み、叱《しか》りつけながら、どこかへ連れていこうとした。だが、少年は、姿が見えなくなるぎりぎりまで、私の顔を見、笑い続けていた。

私の病状は、一層悪くなった。これ以上酷《ひど》くなることはないと思えた苦痛を、それからの数日は大きく越えた。身体中の痛みと幻覚の連続で、自分がどういう状態でいるのか、時にはベッドで寝ているのかどうかさえ、わからなかった。ここに、その時の私の状態についてT医師が書いていた、メモの一片を書き写すことにする。この手記の目的は、事柄をできるだけ正確に表すことにある。自分という人間が垣間見《かいまみ》た事柄を、現象を、私は書き表したいのだ。私はそれをする必要がある。たとえ私が人殺しであっても、人間の屑《くず》であっても、そうしたいのだ。なぜそうしたいのかは……、いや、先に進めるしかない。ここに、T医師のメモの一部を記す。

『血漿《けっしょう》交換に入るが改善の予兆なく、γ《ガンマ》グロブリン大量療法に踏み切る。三度の失禁、いずれも血尿、急性腎不全《じんふぜん》の恐れ。体温40度前後、体重38キロ、黄疸《おうだん》、血痰《けったん》、点状皮下出血、服用したジピリダモールを嘔吐《おうと》、平均日に二度の錯乱。点滴針で喉を突き刺す自傷行為、やむなく、両腕を固定。L医師のアドバイスにて、抗PAF剤の投与を検討。紫斑は全身に渡り、視力低下、構語障害、せん妄、失語、痙攣《けいれん》、重複的に見られ、幻覚のためか、うわ言を繰り返す。ヘモグロビン値、6㎎／dlに満たず。フィブリノゲンの減少、プロトロンビン時間の延長、FDPの僅《わず》かな増加……』

結論から言うと（今こうして手記を書いていることからもわかる通り）私は助かった。病状が進み、最後は担当医ですら死を覚悟していた状況から、命を取り止め、今、私は二十五歳になる。このメモが書かれた二日後の深夜、身体中の激痛で意識を失っていく中、自分の確かな死を予感した。視界がぼんやりと白くなり、一切の音、感覚もなくなり、私は一度、深いところへと落ちた。事態が急変したのは、目が覚めた、翌日のことだった。いつもは身体中の痛みと共に目が覚めるのだが、その日、私は自然に目を覚ました。筋肉や関節の軋《きし》むような痛みのない目覚めに、ぼんやりとした驚きを感じていた。頭痛や幻覚も起こらなかった。時々視界が薄れることはあったが、意識を失うことはなく、そして何より、ベッドに沈み込むような倦怠感《けんたいかん》が、なくなっていた。数日経《た》つと、身体中の紫の斑点がなくなった。黄色くなっていた肌に色が戻り、体重が増えた。興奮している医師達に囲まれて行われた精密検査の結果、確実な治癒へと進行していることがわかった。恐らく薬物治療が功を奏したのだろうが、病因が不明だったことと同様に、治癒の原因も特定できなかった。それを聞かされた時、私の意識はにわかにざわつき、やがて、死んだように動かなくなった。今思えば、それは自然と身体から湧《わ》き上がろうとする生への思いを、私の中に生まれていた何かが、押さえつけたような感じだった。彼らが口々にかける言葉の意味を、自分に馴染ませることができなかった。固まった思考を尻目に、身体の方は目に見えるほど力を取り戻していった。病室が変わり、歩行などのトレーニングに、私は人形のように取り組んでいた。何をしても、事態を呑《の》み込むことができなかった。身体中から溢《あふ》れてくる力に、違和感を感じ続けた。陽気になった医師の冗談に眉《まゆ》をひそめ、祝福を受ける度にやめさせた。私は、ぼんやりと毎日を過ごした。そうしているうちに、退院の日を迎えた。

その最後の夜、私はまだ「退院」という二文字を、中々理解することができなかった。ドアのノックで入ってきたのは、青い服の少年ではなく、私の病室によく出入りしていた看護婦だった。彼女は笑みを浮かべ「気分はどう？」と聞いた。病気の間中、腐るほど聞いたこの言葉も、新しい感覚で接することはできなかった。私は何も答えなかったが、彼女は喋り続けた。

「明日、退院だね」

「……」

「病院のみんなも、すごく喜んでるよ。L先生も明日国に帰るみたい。すごく興奮してらしたわよ」

「……」

「勉強とか、大分遅れをとっちゃったから、これから大変よね。学校には、いつから行くつもりなの？　友達もみんな待ってるでしょう。でも今からなら、全然大丈夫だよ」

「え？」

「ん？　だから、これから勉強が大変だって。でも、あの病気に勝ったんだから、もう何だってできるよ」

「いや、そうじゃなくて、学校って、どういうこと？」

あの時、本当に彼女の言っている意味がわからなかった。学校とは、どういうことなのか、これからとは、どういうことなのか。私は彼女をぼんやりと眺めた。

「だから、退院したら、学校に行くでしょう？　もう少ししたら、部活だってできるようになる。新しい生活よ」

「生活？」

「え？」

「生活だって？」

私は驚きと共にその言葉を聞いた。混乱し、次々に浮かぶ考えをまとめることができなかった。あれほど否定し、軽蔑《けいべつ》したこの世界に、自分は再び入っていくのだろうか。TRPには、再発の可能性がある。私はどうせ、また死ぬだけだ。またあの死への恐怖を、体験しなければならないのだ。いや、病は関係ないだろう。人間はどうせ皆、いつか死ぬのだから。ただ私は、病を通じてそれを体感しているだけだ。彼女の喋《しゃべ》りは続いていたが、私は聞いていなかった。次々に浮かぶ内面の言葉に、耳を傾けていた。私は、喜ぶべきなのだろうか？　この世界にまた戻れることを、期待して待つべきなのだろうか？　もしもそうすべきならば、それはどういった理由からだろう。死によって全《すべ》てが終わる生活に、何の意味があるだろう？　一日に数えきれない人間がバタバタと死んでいくこの世界を、あの死の恐怖が渦巻いているこの理不尽な世界を、もう一度体験するのだろうか。私は混乱したまま、看護婦の顔を黙って見ていることしかできなかった。

しかし私は退院した。考えがまとまらない私にとって、それは追い立てられるようだった。花束を貰《もら》い、笑顔と拍手の中、病院を後にした。平成五年、七月十日のことだ。

それから、私の新たな苦痛が始まったのかもしれない。いや、正確に言えば、それは苦痛とも呼べなかった。私は、以前までの私と確実に異なっていた。病気になる前に築き上げていた自分の生活に、何の魅力も感じることができなかった。病室のベッドで私を支配していたあの憎悪《ぞうお》は、私の中にあった何かをひねり潰《つぶ》していた。私の中の、エネルギーのようなもの、生きる根源であり、世界に馴染むために必要な、固まりのような何かを。周囲の全てが愚かに見え、それは味気ない絵画のように、私の前にただ置かれていた。全てが遠くに見え、自分に関係ないことのように思えた。両親が用意した祝いの席でも、祝福されていること自体に違和感を感じ続けた。休んでいた分の勉強を始めても、以前は面倒になったものだが、その時の私は、何とも思うことができなかった。人形のように、いつまでも続けていたりした。歴史の教科書からは人間が常に愚かだったということだけがわかり、数学は、人間が勝手に作ったパズルゲームのように思えた。風呂《ふろ》から上がり、そのまま服を着るのを忘れ自分の部屋に入ったり、何となく、二階の窓から色々なものを投げていたこともあった。駐車してあった自動車の窓を理由もなく石で割り、水溜《た》まりを意味もなく踏み続けていたこともあった。私はそんな状態だったが、通っていた高校に復学する日が来た。教室に入った瞬間に見たあの光景を、私はいつまでも忘れることはなかった。私を見つけ、奇声を上げながら駆け寄ってくるクラスの生徒達の、顔がなかったのだ。目が霞《かす》み、頭がぼんやりする中で、男も、女も、彼ら全員が、頭から紙袋を、目と、口のところだけに穴が空けられた茶色い紙袋を、かぶっていたのだった。私が初め、自分を驚かす何かのアトラクションかと疑ったほどに、その映像はリアルだった。紙袋をかぶった人間達が、私を取り囲み、様々な質問をした。彼らが笑っているのか、機嫌がいいのかどうかさえ、わからなかった。その中の一人が、私の肩に手を置いた。寒気がした瞬間、私の前には見覚えのある、生徒達の顔が群がっていた。手を置いていたのは親友のKだったし、目の前で笑っていたのは隣の席のFという女だった。他の顔も、皆知っているものだった。微《かす》かに安堵《あんど》したが、この現象はその時だけに終わらなかった。体育を見学している時も、帰りの電車に乗っている時も、時には両親の顔でさえ、そう見えることがあった。自分は客人なのだという考えが浮かんだのは、その頃だった。いつか再発の病で同じ苦しみを味わう、期間限定の人間なのだと思っていた。だが、周囲を羨望《せんぼう》することはできなかった。周囲の人間も全て、自分と変わらないように思えた。

一日の大半を何も考えずに過ごし、残りの僅かな時間で、死ぬことを考えていた。

それは死ぬかどうかの選択を迷っていたのではなく、既に決定された事柄として、ただぼんやりと、死ぬ、という二文字を頭の中に浮かべていた。単純に、早ければ早いほどいい、と思っていたような気がする。学校が休みの時は、よく外を歩いた。時折、道に並ぶ木々が円柱の茶色い棒のように見えたり、落ちている石や、建物の角の辺りだけが強調され、他がぼんやりと見えたこともあった。幻覚だという認識はあまりなく、病院に行くこともなかった。ある日、もうそろそろだろうと思い、短いロープを買った。もっとスマートな死に方もあっただろうが、考えるのが面倒だった。

事件が起きたのは、その頃だった。平成五年、九月十九日のことだ。私はロープをバッグに入れ、S公園に向かった。マラソンコースがあるような、広大な自然公園だった。そこの池の近くの大木の枝が、都合のいい太さと高さをもっているのを以前に見たことがあった。私はその大木に向かって歩いていた。回り道が面倒だったので、花壇や芝生の中を通り抜けた。

そこで、なぜかKに出会った。以前は、確かに彼は親友だった。私はしかし、彼から名前を呼ばれるまで、それがKであることがわからなかった。彼は鉄の柵《さく》にもたれながら、池を眺めていた。水鳥が浮かぶ、静かで深い池だ。

「どうしたんだよ」私を見たKは、最初にそう言った。何とも不思議そうにしていたのを、よく覚えている。ここに、あの時の会話と、起こった出来事をできるだけ正確に、細かく記す。

私はKの質問に答えなかった。答える必要を感じなかったからだ。横目で見て、そのまま通り過ぎようとした。だが、彼はもう一度呼び止めた。私の気分は酷く悪かった。

「何か、用か？」

「いや、だってこんな所で会うなんてさ。よく、来るのか？　俺はたまに来るけど、お前に会ったの初めてだ」

Kはそう言うと、笑顔になった。今ではなぜ彼が笑ったのかわかるが、あの時は、どうしてなのかわからなかった。

「来たって来なくたって、どっちでもいいじゃないか」

「まあ、そうなんだけどさ」

Kはまだ笑顔だったが、私の反応に、戸惑っているようだった。私はしかし、彼が何に対して戸惑っているのかも、わからなかった。

「じゃあ、用があるから」

「おい、待てよ」

「何だよ」

Kは私のバッグに視線を移し、言い難《にく》そうに言葉を続けた。

「みんな、不思議がってるよ。何か……、何かさ、お前が別人になったみたいだって……。確かに、酷《ひど》い病気の後だから、まだ上手《うま》く色々慣れないこともあるんだろうけどさ」

「いや、ほんとに用があるから、もう行くよ」

「だから待てって」

Kはそう叫ぶと、自分の大きな声に戸惑ったのか、ばつが悪そうに顔を歪《ゆが》めた。だが、彼は引かなかった。私をきつく見、躊躇《ちゅうちょ》を振り払うように喋り続けた。

「俺はさ、お前が心配なんだよ。だってそうだろう？　お前、みんなに話しかけられても、ほとんど反応しないしさ、いつも席でじっとしてるだけだし、部活にだって顔出さねえし、それにさ、お前、退院祝いでみんなからもらった寄せ書き、まだ机の中に残ってるだろう？　おかしいよ。なあ、おかしいだろう？　どうしちゃったんだよ。前だってそんなに明るくはなかったけどさ、もっと、お前はいい奴《やつ》だったよ。色々と俺の相談にも乗ってくれたしさ、でも今じゃ、何だかよくわかんねえけど、お前に見下されてるように感じるんだよ、わかるか？　なあ、おい、何とか言えよ」

Kは、真剣な表情を浮かべ私を見続けた。彼が言葉を待っていることは、あの時の私にもわかった。そのまま歩こうとしたが、ふと思い直して立ち止まった。どうでもよかったのだが、殆《ほとん》ど冗談のつもりで、彼に合わせてみようと思った。なぜあの時、そういう考えが自分に浮かんだのか。それはしばらく私の中で一つの疑問だったのだが、今ではわかるような気がする。恐らくあれは、彼に対しての、いや、世界に対しての、嫌がらせだったのだと思う。不意に訪れた微かなきっかけに、私の神経が僅かに震えたのだった。死を目の前にした中で、自分の神経を震わせたのがあのような、つまらない嫌がらせだったことに今でも恥じる思いがする。だが、それが事実だった。私は眉間《みけん》に皺《しわ》を寄せ、すまないと思う、と言った。言った瞬間、微かに湧いた笑みをすぐ我慢した。Kは、少し驚いたように、私の方に一歩足を動かした。私はそんな彼を横目に見ながら、会話を続けた。

「まだ、上手く慣れないんだ。日常生活にさ。本当に、酷い病気だったんだよ。幻覚も見えたし、熱も酷かった。こうやって生きてるのが、不思議なくらいだよ。ずっとそんな状態だったからさ、上手く、馴染《なじ》めないんだ。みんなと喋ろう、喋ろうとは思うんだけど、考えると余計焦《あせ》っちゃってさ、何も言葉が出なくなるんだよ。もう少し、待ってくれ。でも、今日はこうやってお前に会えて、話ができて、嬉《うれ》しかったよ」

あの時、Kは安心したように笑った。そんな彼を見ても、心が痛まなかった。痛むどころか、愉快な気分にさえなれなかった。何とも、思わなかったのだ。だが、Kは会話を続けようとした。自分が感じた神経の震えは、もう大分希薄になっていた。

「いや、ごめんな、そんなつもりはなかったんだけどさ、ああ、何か、うん、お前の気も知らないでさ、勝手なことばかり言ってたよ。でも、はは、何か安心したな」

Kはそれから、一人で話し続けた。おそらく、本当に嬉しかったのだろう。クラスメイトの失敗談や、テレビ、漫画の話など、いつまでも終わることがなかった。私は殆ど聞いていなかったが、そのために、話題が変わっていることに気がついたのも、しばらく時間が経《た》った後だった。Kは、いつの間にか真剣に池の方を眺めていた。そして、最近の自分の悩みについて、語り出していた。

「なあ、どう思う？」

「何が？」

「え？　ああ、だから、だからさ…、たまに、何もかも煩《わずら》わしくてしょうがなくなるんだよ。もちろん、いつもそう思うんじゃないよ。S（Kが当時好意を寄せていた女だった）とたまに喋れたりするとそんなのどっか行っちゃうんだけどさ。でも、すげえ小さいことでもさ、たとえば、ちょっと塾とかで成績下がったり、親の喧嘩《けんか》を止めたりした後とかさ、何か、発作的なんだけど、全部投げ出したくなったりするんだよ。何か急に色んなこと考えたりしてさ。どうせこのまま面倒くせえ受験やって、カッコ悪いサラリーマンになって、馬鹿《ばか》みたいに働いて、いらなくなったらクビになるんだろう？」

Kは返事を求めるようにこちらを見た。だが、私はどうでもよかったので、黙っていた。

「そう思わないか？　まあ、俺もいつも思ってるわけじゃないけどさ、何か、何かなあ。上手く言えないけど、このまま年取りたくねえなあとか思うよ。先のこと考えると、面倒なことばっかだもんなあ」

Kは同意を求めるように笑った。あの時、私の意識ははっきりとしていた。あの日の中で、一番はっきりしていたと思う。私は横目で、首をくるための大木を見た。そして、自分はあと数分のうちに死ぬのだ、と思った。これでやっと終わるのだという、安堵感すらあったように思う。大木から視線を逸《そ》らした時に、Kの姿が視界に入った。Kは、池を囲う柵から乗り出すように、下を覗《のぞ》き込んでいた。その姿勢は見るからに危なかった。あの時、そんなKの姿勢を見ながら、泳げないくせに落ちたらどうするのだろう、と私は思った。その瞬間、意識に一つの考えが浮かんだ。浮かんだ時、心臓に鈍い痛みが、久し振りに、肉体が感情に反応するあの感覚を感じた。それは少しずつ高まり、強く速い鼓動へと変化していった。二、三度、両腕にピリリとした神経の震えを感じた。その感覚は、久し振りだったこともあり、心地好《よ》ささえ私にもたらした。押し上がってくる唾《つば》を飲み込みながら、自分に浮かんでくる考えを繰返していた。こいつを、落としてやろう。年を取りたくないのなら、手伝ってやろう。私はそんな言葉を、頭の中で呟《つぶや》いていた。死ぬ前に、何かをする。これはどうでもいい、冗談のようなものだ、と思っていた。私は緊張し始めていた。その身体《からだ》の反応も、心地好かった。私はKをもう一度見た。だがKは、そこにはもう存在していなかった。霞み始めた私の目の前にいたのは、紙袋をかぶった、不確かな、誰ともわからない一つの人間だった。私の視線に気がついたのか、それはこちらを振り向いたが、目が黒い穴になっているために、表情はわからなかった。私は「手伝ってやるよ」と言った。右手で彼の首を摑《つか》み、力を込めて、その身体を池の中へ突き落とした。あの時の、自分の両腕でKを押し出した感触を、忘れることはない。自分の全《すべ》てを、自分の中にある存在の根源そのものを放り投げるような、懸命に生きようと主張する様々な感情を、強引にねじ伏せるような、そういう感触だった。私は自分が感じたその強烈な感触に、激しく混乱し始めていた。Kは池に落ち、悶《もだ》えながら水面に顔を浮かべ、沈み、また浮かんだ。不確かな間隔で上がってくるその顔は、もはや紙袋ではなかった。目を剝《む》き出しにしながら私に視線を合わせ、息を吸おうと歪んだ口で水を飲み込みながら、なお私に言葉を発しようともがく、顔中に血管が張り巡らされた親友の表情だった。私の心臓の鼓動は、さっきまでとは比べものにならないほど、痛みを伴いながら激しくなっていた。あの時、私を取り巻く全てが、皮膚から入り込むような刺激を伴いながら自分を満たしていくのを感じた。音という音が消えていく中で、周囲が、やけにくっきりとし過ぎていた。どういうことだ？　私は頭の中で呟き続けていた。何かが、違っている、どうしてこんなにも、いや、何かが、起こっているのだ、俺の周囲で……、何が、起こったのだ？　これは……、先走るように動揺する身体に不安になりながら、自分の状況を確認しようとした。だが、意識の奥に、状況を確認したくないという動きがあった。その動きを感じた瞬間、恐怖で身体が弾《はじ》かれるように震えた。Kが溺《おぼ》れているという事実が、突如鳴り響いた渦のような音を伴いながら、電流のように、私の頭を激しく打った。水しぶき、Kの叫び、そしてもがき続ける形相、映像や音が、私の内部を砕くようにえぐった。がたがたと震え、足の力が入らず、その場に座り込みそうになった。その瞬間、助けなければ、と思った。何をやっているのだ、助けなければ、Kが死んでしまう。私は確かにそう思い、取り乱し、Kに両腕を差し出そうとした。だがその時に、不意に自分の身体の動きを止めていた。あの時、なぜ私はKを助けなかったのか。それは現在に至るまで、私を苦しめ続けた問題だった。あの時、私は力を入れて柵を両手で握り、Kが死へ向かうその映像を凝視していた。私は、その映像に耐えようとしていたのだった。どうせ私はもうすぐ死ぬ、この世界から消えるのだ。私は頭の中で、喋《しゃべ》り続けていた。ならば、この映像に耐えてみろ、この世界の中で最も非情な映像を、平然とやり過ごしてみせろ。そうすれば、お前はこの世界を克服したことになるはずだ。このくだらない世界を、心からくだらないものだと思うためにも、まったく無価値だと思いながら死んでいくためにも、お前は、そうする必要がある。これはくだらないんだ。そうだろう？　これは、くだらないんだ。そうだ、くだらない……、くだらない、くだらない、くだらない……。掻《か》き回されていく意識の中、私は震えながら、その映像を凝視し続けていた。Kが沈んだ後も、その場を離れなかった。死んだのを確認しなければならない、という考えに覆《おお》われていたからだ。私は腕時計を見た。この秒針が一回りするまで、ここで耐えようと思った。視界がぼんやりする中、その一定の速度を保って動いていく秒針を、荒く呼吸しながら、凝視し続けた。一回りした後も、まだ足りない気がし、もう一回り、そして、もう一回りと、凝視し続けた。水の音も、波紋さえも立たなくなった池を前にして、時計を凝視したまま、いつまでも動かなかった。疲労で体が揺れ、首をくくると決めていた大木が目に入った。私はそれに、吸い寄せられるように向かった。真《ま》っ直《す》ぐに歩けなかったが、全身に突き刺さろうとする何かを、懸命に意識しないように努めた。前を向くことだけを考え、途中、歩いているのかもわからなくなった。上手く動こうとしない手でバッグのチャックをどうにか開け、ロープを摘《つま》み出した。バッグは、道の真ん中近くに落としたままだった。私は始終、ぶつぶつと呟き続けた。そうだ、とか、早く、とか、意味を欠いたものだった。大木に辿《たど》り着き、異常なまでに力の入らない両腕を使って、枝にロープをくくりつけた。片方には、すでに輪を作っていた。あの時、それが限りないほどにありがたく思えた。早く、死ななければならない。早くしなければ、突き刺さってくる何かによって、私は壊れ、めちゃくちゃになるだろう。その予感に耐えながら、木の凹凸に足をかけ、右手で枝を抱え、左手で輪を首にかけようと努めた。その行為を終わらせ右手を離せば、身体は下へ落ち、首を吊《つ》れるはずだった。何度も足をかけ損ない、枝を抱え損ねた。その度に落下して走る身体の痛みは、興味のないはずの生の実感を呼び覚ますような、嫌な感触を私に与え続けた。私はそれを意識しないように努めた。右の脇《わき》で枝を抱えるように動かした時、成功する予感があった。感覚を失った左手でロープを掴み、輪になっていた先端を首にかけた。後に残された動きは、そのまま下に落ちていくことだけだった。しかし、その状態のまま、しばらく動けなかった。身体の中に、抵抗するものがあった。だがその瞬間、Kを殺した映像が頭を刺すように浮かび、私は自分に考える隙《すき》を与えずに、そのまま飛び降りた。一瞬にして頭に血が溜《たま》り、鼻から上を突き抜けるような、ツンとした刺激が駆け巡った。息が止まり、自分の両目が剝けるように見開いていくのがわかった。私は悶えた。苦痛と恐怖が全身に走り、私の中の何かが、激しく反応した。それはもがき、叫び、身体の内部の皮膚をかきむしるように、許しを請《こ》うように求めていた。目前にあったのは、黒い、巨大な広がりだった。その中での私の存在は小さく、限りなく弱かった。広がりは巨大さを保ちながら圧縮し、私の小さな身体をひねった。それはいとも簡単であり、自分がその中でチリのように砕けることを予感した。それは、確実な予感だった。私の中の、多分存在を象徴するようなものが、ガタガタと揺れた。無我夢中でロープを摑み、左右に揺れ、木の凹凸に足を入れようと激しく動いた。身体が下に落ち、激しい痛みを感じながら、地面に這《は》いつくばった。外れたロープが、背中の上に垂れていた。咳《せき》が止まらず、苦しさの余韻に涙を流しながら、動かない身体を、どうにか動かそうと努めた。咳が治まりその場で仰向けに倒れた時、空気の重みを身体全体に感じた。あのずしりとした確かな感触を、今でもよく感じることがある。私は、自分が今生きていることを痛烈に意識した。親友のKを殺しておきながら横たわっている今の自分を、私は実感し続けた。そして、自分の奥底に、ロープの死から逃れた安堵《あんど》感《かん》を見つけた時、目の前に黒い空間が広がり、視界を失った。数秒の間、身体がどこかに落ち込んでいくのを感じた。自分がした行為と、そして今安堵していることの卑劣さに、（それは全て私のことであるのにもかかわらず）耐えられそうになかった。吐き気のような呻《うめ》き声を上げながら、いつまでも、身体の震えが止まらなかった。太陽が傾き、周囲は段々と青く、薄暗くなっていった。無数の木が風に揺れ、池の水面が微《かす》かに波立ち、空は灰色の雲に覆われていた。あの時、それらの全てが、意志をもった存在のように、私に敵意を抱いていたのを覚えている。お前など消えてしまえと、それらの全てが、自分を見ているように思えた。仰向けの状態のまま、いつまでも動くことができなかった。私が疑おうとも、世界が圧倒的に存在しているのを、改めて意識した。そして、自分がこうなると既に予感していたことを思い出した。Kの死を確認したあと、大木にふらふらと歩いていく途中で、自分はやはり、死ねないのではないかという予感があったことを。視界が保たれているのに、意識を失っている感覚があった。ただ目の前に、灰色の雲の映像だけが映っていた。

熱を失っていく地面が、段々と冷たくなったのを覚えている。私の記憶は、そこで途切れる。家に帰ったのは翌日の朝だった。次の記憶は、自分の家の玄関の映像だった。だが、どうやって自分の部屋に入ったのかは、覚えていない。

それからの数日、私は部屋から出なかった。両親には、風邪をひいた、ということにしていた。その理由は簡単に受け入れられた。病気で体力と免疫力《めんえきりょく》が低下していると、周囲は考えていたからだ。Kが行方不明になっていると母から聞いた時、凍るような寒気が走ったが、全身を濡《ぬ》らすほど汗をかいた。私は、そう、とだけしか言うことができなかった。

ベッドの中で、殆《ほとん》ど動くことができなかった。天井を眺め、浮かんでくる感触を、Kを池に突き落とした、あの確かな両腕の感触を、繰り返し思い出してはかき消していた。増えつつあった体重は減り、殆ど眠ることもできなかった。その中で、これからの自分のあり方を、私は選ばなければならなかった。一つ目は、今すぐに死ぬ、という選択だった。二つ目は、今すぐにではなく、数日のうちに覚悟を固め、タイミングを捕らえて死ぬ、というものだった。三つ目は、自首をする、というもので、四つ目は、死ぬことも自首することもなく、病の再発まで生き続ける、というものだった。あの時の私は、二つ目を選択した。しかし、今すぐにではなく、という性質をもっも性質をもった選択は、決意というより、決定の先延ばしに近かった。

Kの死体が発見されたのは、私が彼を殺してから、四日経った日の夕方だった。発見者によると、水に浮いた彼の身体は異常に膨れ、人間には見えなかったということだった。それを知ったのも、母からだった。テレビを点《つ》けると、ニュースになっていた。「十九日の午後から行方がわからなくなっていた県立高校に通う男子生徒、Kさんが、S池で水死体として発見されました。着衣に乱れはなく、その場の状況から、神奈川県警は自殺とみて、捜査を開始しています」そんな事務的な文章が、私を鋭く刺した。不意に声を上げそうになったが、親が側《そば》にいたために、平静を装《よそお》った。何も感じていない素振りをしなければ、そう思ったが、直後に、自分がKの親友であったことを思い出した。私は反対に、ショックを受けていなければならなかった。私は無理に押し出すように、「そんな」と呟いた。以前に見たドラマの中で、友人の死を聞いた男が、そう言っていたことを咄嗟《とっさ》に思い出していた。Kをよく知っていた母は、画面を見ながら涙を流していた。私はその場にいることができず、自分の部屋に向かうため階段を上った。

Kの葬儀に、出席した。体調不良という理由の欠席は、親友の私に当てはまりそうになかった。家を出る前、学生服姿を鏡に映しながら、平静を保て、と自分に言い聞かせた。これからの数時間を、演技し通すことに決めていた。事件には全く関係ない、親友が死んで落ち込んでいる高校生をつくろうとした。目が落ち窪《くぼ》み、酷《ひど》く痩《や》せた私が、そこには映っていた。それはどこから見ても、屑《くず》のような、卑怯者《ひきょうもの》の姿だった。

葬儀には、クラスの全員が参列していた。唇を噛《か》み締め、うつむいたKの父の姿は、象徴のように私に迫った。目を背けようと思ったが、私はしっかりと見つめた。しかし、自分の行いを受け止めようとしたわけではなかった。私は、自分を試そうとしたのだった。これを平静に眺めることができれば、自分は今日一日を乗り切ることができると。あの時の私が、咄嗟に行っていた感情のコントロールがある。それは、自分と世界との間に一枚の幕を下ろす、というものだった。世界が自分を刺す寸前、つまりKの父の姿に自分が罪悪感の痛みを感じる瞬間ではなく、その寸前に、「どうだっていい」という意味をもつ思念の固まりを浮かべるのだった。痛みを感じることを予感した瞬間に、感情の震えが走る前に、自分の意志をその間にねじ込んだ。それは上手《うま》くいった。私の感情は、自然にそう動いたような気がする。反射的に、と言ってもいい。恐らく、あれは本能に近い動きだったのではないかと思う。つまり、精神が痛むことを避けようとする、自己防衛的な反射、という感覚。ことあるごとに、私はそれを繰り返した。Ｋが好意を寄せていたＳの酷く泣き崩れた姿を見た時や、Ｋの笑顔が写った遺影を見た時や、Ｋとの思い出をクラス委員が読み上げた時など、場面場面で私は「どうだっていい」という思念をねじ込み続けた。私は常に平静を装い続けた。平静の連続、といってもいい。途中、いつか自分が犯人だと知られた時、マスコミは「犯人は平然と式にも出席していた」と報道するだろうと思った。そして、それはその通りだった。

式が終わり、クラスメイト達と帰ろうとした時、肩を強く押さえられた。振り返ると、背の高い、見たことのない男が立っていた。彼は「すみませんが」と丁寧に言い、私の顔を確認するような視線を向けた。その瞬間、嫌な感じがした。男が胸から黒い手帳を出した時、その予感は現実のものになった。鼓動が速くなり、呼吸が断続的に止まるように感じた。私の横にいた数人のクラスメイトに、彼は関心を示さなかった。私は圧迫され、竦《すく》み上がっていた。自分は悲しんでいる目の前の警察という存在に、私は自分に言い聞かせ続けた。

クラスメイトの一人だと、あの時、私は自分に言い聞かせ続けた。
「滝川雄一郎《たきがわゆういちろう》君ですね。Ｋ君の友人と聞いていますが、本当に残念でした」

彼はそう言い頭を下げた。

「この度は自殺ということで。本当にすまないことですが、何か知ってることはないですか。何かに悩んでいたとか、何かを打ち明けられたとか、そういうこと、なかったですか？」

驚いたことに、私はあの時初めて、世間でKが自殺と判断されていると意識したのだった。自殺……。私は思いを巡らした。自殺ということは、私は無事なのか？　警察に、捕まらないのか？　いや、そういう問題ではない…。Kを殺したことに、変わりないじゃないか。私が殺人者という事実は、変えようがないのだ…。そんなことを、気にするべきではない。私は、なぜか動揺していく自分を、抑えようと努めていた。

「どうかしましたか？　いや、確かにこんな時に聞くべきではないんだが…。じゃあまた今度、話を聞かせて下さい」

「そういえば」私は咄嗟にそう言っていた。言った瞬間、自分がなぜそんなことを口にしたのかわからなかった。鼓動がさらに激しくなり、ざわざわと、湧《わ》き上がるような胸騒ぎがした。

「そういえば、しょ、将来について、悩んでいました」

「え？」

「大人になりたくないと、言っていました」

刑事は一瞬不思議そうに私の顔を見たが、やがて気がついたように手帳に書き込み始めた。それはいつ頃だったか、どんな状況だったか、刑事は質問を続けた。私は一つ一つ答えた。答えている時、私は驚くほどに冷静だった。刑事が去った後、自分が堕《お》ちるところまで堕ちたことを知った。その場でうずくまりたい衝動に駆られたが、その奥に染《し》み入るような、妙な感覚があった。あの時はそれが何であるのかわからなかったが、今思えば、快楽だったのではないかと思う。くだらない人間の極みまで堕ちた自分を意識した、マゾヒスティックな、どこか絶望の印象を伴う、柔らかな感覚だった。私はそれから、笑みを浮かべた。なぜそうしたのかは、わからない。自嘲《じちょう》したのか、泣きたくなる自分を抑えつけるためか、犯罪者になりきろうとしたのか、とにかく、私は笑みを浮かべた。その時、中年の女と目が合った。青白い顔をし、髪も乱れた女は、私の顔を驚いたように凝視していた。後になってわかったことだが、それはKの母だった。彼女は、一瞬痙攣《けいれん》気味に身体《からだ》を震わせ、口を開けたまま、放心したように動きを止めた。女から、視線を外すことができなかった。背中に冷たい汗をかき、直立したまま、またも速くなっていく心臓の鼓動を、感じていることしかできなかった。それから、思いがけないことが起きた。女は絶叫すると、私の方を指さし、「人殺し」と叫んだ。皆が一斉に女を見、それから、私を見た。あの時の、大勢の人間が一度に私を見た瞬間も、忘れることはないだろうと思う。世間という巨大な、得体の知れない固まりが、私という逸脱者を凝視した瞬間だった。頭の中が空白になり、動くことができなかった。「人殺し」という言葉に身体を射抜かれた衝撃と、針のように突き刺さる視線の持続に、私は自分の身体の動きを失っていた。それから一斉に人間達が自分につかみかかってくる幻覚を見たが、実際は違っていた。人間達は、取り乱し、なおも叫び声を上げようとする彼女の身体を押さえ、「落ち着いて」「落ち着いて」と繰り返しているのだった。あとから聞いたことだが、Kが死んでから、母親である彼女は一種のヒステリーの状態に陥り、放心している状態と、夢中に叫び声を上げる状態を繰り返していたというのだった。Kの父が中心となり、腕をばたつかせ、周囲を蹴《け》り上げようとする彼女は押さえられ、部屋の奥へと引かれていった。人間じゃないみたいだ、と、状況をわかっていない子供の声がした。だが、あれは息子が死んだ人間がする当然の、むしろ人間らしい動きであり、今直立している人殺しの私の方が、人間とは言えなかった。周囲はヒステリーの槍玉《やりだま》に上げられた私を同情の眼差《まなざ》しで見ていた。Kの父や親族達が、実際に詫《わ》びの言葉を言いにさえ来た。私はその間、愚かにも、目まぐるしく変化する周囲に、ただ合わせていただけだった。

それからも、Kの母から脅迫めいた電話がかかり、人殺し、と書かれた手紙が私の家に届き続けた。実際に、私の下校を待ちぶせていた彼女に、突然首を絞められたことがあった。彼女はカーキ色のセーターにジーンズを身に付けていたが、靴を履いていなかった。群がった通行人に止められた彼女は、言葉にならない叫び声を上げて泣いた。身体を折り曲げながらアスファルトにうずくまった姿は、私の目に焼きついて消えなかった。だが一連の彼女の訴えも、ヒステリーの発作であると判断され、多少の噂《うわさ》はあったが、私に疑いがかかることはついになかった。私は周囲から、難病にかかった不幸な人間であると同情されていた。難病にかかった上に、おかしくなったKの母からあらぬ言い掛かりを、ただKの親友だったということだけでつけられている。周囲の殆どはそう思っていた。何度も、Kの父が私の家に詫びを入れにきていた。自分の殺した人間の親から詫びを言われるという状態に、私は何度か狂いかけた。脅迫の電話や手紙は、Kの母が山梨の精神病院に入院する頃まで、頻繁に続いた。

　その中で、最後に来た手紙をここに記す。私の目に触れさせないように両親が隠していたもので、封は既に破られていた。私はそれを読み、自分の手元に置いた。後に違う土地へ行くことになった時も、意識的にやっていたわけではなかったが、部屋の目につく場所に置いていた。思えばこの手紙の存在が、私のそれからの人生を決定したような気がする。だが、そう思うようになったのは、ずっと後のことだった。

『わたしが入院したことで、さぞ安心していることでしょう。だけど、諦《あきら》めるつもりはありません。あなたに、必ず復讐《ふくしゅう》します。必ず、この手で殺します。

あの時、包丁を持っていたのです。ハンカチに包み、バッグの中に入れておいたのです。しかし、なぜか躊躇《ちゅうちょ》してしまった。だから首を絞めるという手間を取り、失敗したのです。

なぜあの時躊躇したのか。今思い返しても、自分を許すことができない。しかし、今度は失敗することはないでしょう。必ず、あなたを殺します。

自首するなんてことは、考えないでもらいたい。あなたは子供だから、公《おおやけ》の機関に守られてしまう。隠されることで、わたしの手が、届かなくなってしまう。自殺することも、やめてもらいたい。そんな簡単に事が終わるとは、思わないでいただきたい。

あなたは、わたしが殺すんです。ここを退院することができたら、残酷に、わたしが殺すんです。

もちろん、あなたを殺せば、わたしは法の裁きを受けるでしょう。しかし、そんなことはもう、どうだっていい。わたしの人生は終わった。いや、お前に終わらされた。あなたを殺して、わたしも死ぬのです。

毎日が、地獄のようです。あなたに復讐できなければ、わたしは、自殺することさえできない』

しかし、私は二度、自殺を試みた。一つは手首を切るという消極的なもので、もう一つは、マンションの屋上から飛び降りるというものだった。手首の方は、慌《あわ》てる両親の前で病院で簡単に処置され、飛び降りの方は、数時間下を見続けた私が、結局引き返すという結果になった。私はこれ以上ないほどの、卑怯者になった。人殺しでありながら、死ぬことに恐怖を感じ、しかしこの世界に魅力を感じることができないという、奇怪な人間だった。私はその中で、次第に、自分がKを殺したあとに考えた選択を、二つ目から四つ目へと変更していった。つまり、今すぐにではないが覚悟ができ次第死ぬという二つ目から、死ぬことも自首することもせずに生き続けるという四つ目へと、流れようとしていた。それにはしかし、自分が徹底的に悪になる必要があった。卑怯な、堕ちるところまで堕ちた私は、その下のラインを乗り越え、悪になることで、自分の均衡を得ようとした。

私は、病院のベッドで思った、あの憎悪《ぞうお》の固まりを再び自分の中に育て始めた。それはくだらない魂が、くだらない自分を守るためにつくり上げた、悪意の思念だった。

だが、それは同時に、巨大なものに触れる結果となった。悪というものに、自分が吸い込まれ、飲み込まれていくのを感じた。そしてそれは、確実に、私の人格全体を浸食していくことになった。

最後に、私の中にいつまでも残り続けた、二つの問いをここに記すことにする。それらは、Kを殺したことを振り返る度に、いつも根底にうごめくように、私の中の何かを刺し続けていたものだった。

一つは、病気が治癒したあとに私が感じた、あの虚無は何であったのか、ということだった。世界があまりにも殺伐と、その装飾の全《すべ》てが剝《は》ぎ取られたように見えた、私を襲った、あの暴力のような虚無の正体のことだ。そしてもう一つは、より悩まされるものだった。

Kを殺した後に、なぜあの虚無は終わったのか。

この二つの問いは、しばらく私が答えることのできないものとして残った。

『手記 2』

十八になり、東北のS市にある大学に入学した。その頃、私は精神のバランスを保つことに、自分の生活の全《すべ》てを捧《ささ》げようとしていた。人殺しであるという事実を受入れながらも、それに苦悩しない人間になること。人間の中にあるとされる、良心を意識しない人間になること。そしてそのことにより、毎晩のようにうなされるKの夢、一定のサイクルでやってくる身体《からだ》の猛烈な震えから、解放されること。私は世間で言われるところの、人間の屑《くず》、悪魔になることを目指した。まず、自分の生まれた横浜の土地から逃れる必要があった。あの事件を、Kの存在を誰も知らない土地に行けば、多少でも楽になれるのではないかと、浅はかな希望を抱いた。実現するために、大学入学という手段を借りた。当然のことながら、そのことで私の行いが消え去るわけはなかったが、少なくとも、あの土地の重みから逃れることができたような、そんな気がした。

自分の心が動揺する度に、Kの葬儀でしたように、どうだっていい、と思い込むことを意識的に習慣化していった。たとえば隣接する民家がその家族と共に全焼した時や、高校のクラスメイトが交通事故で死んだ時など、私は同情を想《おも》うより先にその言葉をねじ入れ、感情を静めていった。私の知り合いに手酷《てひど》い扱いを受けた女が泣きついてきた時は、自分の悪徳を試すようにセックスをした。それが初めてのセックスだったが、既に日々を茫然《ぼうぜん》と生きていた私には、何の感慨も、達成感も感じることができなかった。悪徳を育てるために酷い別れ方をしようと考えていたが、自分が先に捨てられる結果となった。病気の前に築き上げていた多くの人間関係を遠ざけ、時に、意識的に彼らを傷つけようとした。授業中、呼び止める教師を無視しながら、教室を出ることもあった。私は次第に周囲から浮き上がり、「病気で頭がおかしくなった男」と認知されるようになっていた。Kを殺した事実を平然と振り返ることはできなかったが、私の感情は次第に動かなくなり、出来事の殆《ほとん》どを無感覚にやり過ごすようになっていた。そして、地元の大学を勧める進路指導の助言を無視し、故郷を捨て、二度と戻らない気持ちでS市へ向かった。

大学は、新しく住み始めたアパートから二つ先の駅の、森林を切り崩した山の中にあった。新入生の顔はどれも、新しい生活への期待と、そわそわとした緊張に満ちているように思えた。その顔達に、微《かす》かな羨望《せんぼう》を感じたことを覚えている。この中には、人殺しの烙印《らくいん》から逃れようとする愚かな人間など、一人もいなかった。

武彦《たけひこ》と初めに言葉を交わしたのは、哲学のゼミの、討論形式での授業だった。私はその頃、授業の殆どを休まず出席していた。何もせず部屋にいることに、漠然とした不安があった。築き上げようとしていた均衡を崩さないためにも、常に何かに気を取られている必要があった。

その講義では実存主義と呼ばれる哲学者達を取り上げ、キルケゴール、ハイデガーときて、その日はニーチェだった。教授はニーチェの思想をねじ曲げながら、その頃流行《はや》っていた少年犯罪の問題と結びつけ「なぜ人を殺したらいけないのか」という、当時メディアでよく取り上げられていた問いを学生に与えていた。私はその議題に微《かす》かに緊張したが、傍観の態度で眺めていた。私に肉迫する問題だったが、目の前で繰り広げられている議論には、興味をひかれなかった。

「だって、人を殺したら駄目じゃないですか」

「だから、どうして駄目なのかな」

「じゃあ先生は、人を殺してもいいと思ってるんですか」

「いや、先生じゃなくて、例えばある少年からそういう問いをされたら、という場面を想定してるんだよ」

「もしもその行為を是認してしまえば、人間が殺しあっていなくなってもいいということになってしまいますよ」

「殺しあって何が悪いのか、ということを聞いてるんだよ」

「だから、人間が一人もいなくなりますよ」

「そうはならないだろう。この場面において殺すのは少年だけなのだから。もっと個人的に少年は聞いてるんだよ。どうして気に入らない奴《やつ》を殺したら駄目なんだ、ということを」

教室が微かにざわついたが、どの学生もいつになく熱心で、明らかに議論を楽しんでいるようだった。教授は得意気な表情を浮かべ、故意に刺激の強い言葉を使い、喜んでいるように見えた。私は、教授の表情に酷く苛々《いらいら》した。今思えば、感情の起伏に乏しかったあの頃の私があそこまで苛々したのは、久し振りのことだったと思う。教室を出ようとした時、教授が私の名を呼んだ。意見を聞こうとしたのだ。私は教授を一瞬見たが、何も言わなかった。面倒だったのもあったが、それまで、私はこの授業はおろか他の場面においても、まともに誰とも口をきいたことがなかったのだ。

「どうして黙ってる？　意見はないのか」

「ありません」

「なぜないんだ。議論を聞いてなかったのか？」

「議論？　聞いてました」

「なら何か意見があるだろう」

「ありません」

教授は溜《た》め息をつき、こちらをまじまじと見ていた。面倒な気分になり、そのまま帰ろうと思った。帰れば単位は取れなくなるが、元々大学に執着のなかった私には、どうでもいいことだった。席を立とうとした瞬間、まるでその時を待っていたかのように教授は口を開いた。

「これは重要な問題なんだよ。多発する少年犯罪は、大きな社会問題だ。君達のような次世代を担《にな》う人間がこのことを真剣に議論しないでどうする？　自分のことのように、考えてもらいたいもんだ」

その時、私の中に強く障《さわ》るものがあった。それは、自分でも異常に感じるほどの、不意なものだった。

「自分のことのように？」

「ん?」

「自分のことのようにだって?」

私は、自分が興奮していることに気がついていた。うねるような感情の固まりが、突き上げる嘔吐《おうと》のように外に出ようともがき、全てをぶちまけたいという、どうしようもないほどの衝動に、突如苛《さいな》まれていた。私は、自分がこんなくだらない授業の最中に、ここまで真剣に、そしてここまで激しく感情が動いていることに驚いていた。でも今になって思えば、この場面がくだらない授業だったからこそ、そして唐突だったからこそ、発作に苛まれたのだと思う。正面には驚きの表情を浮かべた教授がいて、周囲の学生も皆、突如おかしくなった男の顔を息を飲むように見つめていた。この場面で全てをぶちまけるのは滑稽《こっけい》で、脈絡のないものだったが、私はそれをどこかで強く望んでいたのだと思う。私は、度々この発作に苛まれることがあった。それは、いつもこれ以上ないほど自分を辱《はずかし》め、壊してやりたいという衝動を含《ふく》んでいた。気がつくと、その場で立ち上がっていた。

「いいか悪いかなんてのは人間が作った価値基準でしょう? その発言はその価値基準を無視した問いだから、何を答えたって言い返されるに決まってるじゃないですか。馬鹿馬鹿《ばかばか》しい。駄目だという確固たる答えが出てきたとしても、じゃあ本当に駄目なことだから尚更《なおさら》やってみようっていう奴が出てくるに決まってる。違いますか？　逆に殺していいってことになったら、既に殺したことのある殺人者が救われるとでもいうんですか。なんだ、いいんだ、もう悩まなくていいんだって、そうなるとでもいうんですか、そんな簡単なことかよ、ふざけたことを言うな」

私は独り言のように呟《つぶや》いていたが、教室中の全ての人間に聞こえているようだった。皆が私を凝視し、彼らの呼吸が聞こえるほど静まり返っていた。身体中の力が抜け、汗が次から次と噴き出して流れた。早く教室から出なければならないと思ったが、硬直したように、いつまでも動けなかった。なおも喋《しゃべ》り続けようとする自分を、抑えることができなかった。

「なぜ人間は人間を殺すとあんなにも動揺するのか、もっと言えば、動揺しない人間と動揺する人間の違いはどこにあるのか、どうして殺人の感触はああも絡《から》みつくようにいつまでも残るのか、俺が知りたいことなど、誰も考えてなんかいやしない。幸せな人間が、机に座って悪人のことを語ってるんだ。くだらない。俺もお前らも、みんなくだらないんだ。何が次世代だ、適当なことを言うなよ」

私はそこまで言うと、崩れるように椅子《いす》に座り込んでいた。ただその中に、微かな安堵《あんど》があったのをよく覚えている。多分、人を殺したことがあるという告白を、自分がしなかったからだと思う。私は椅子にもたれながら、どうでもいいという言葉を繰り返していた。安堵していることの卑劣さも、こんな場所で馬鹿げた発言をした愚かさも、どうだっていい。目の前の、机の表面の波打った模様を意味もなく眺めながら、音のない張りつめた空気をいつまでも感じ続けた。

教授は次回の授業の説明を手短に話し、ゼミは終わった。学生達が微かにざわつきながら教室から出ていく音を、ぼんやり聞き続けていた。多分彼らにちらちら見られているだろうと思ったが、どうでもよかった。あの時の私は、もうさっきのことを考えていなかった。それよりも、突如伸《の》し掛かってきた粘り付くような憂鬱《ゆううつ》に、苛まれていた。自分はどうして生きているのだろうと、身体に重い疲れを感じながら、考えていた。親友のＫを殺しておきながら、自首することもせず、自殺することもせず、おめおめと生きているこの自分自身のことを、強く意識した。なぜ、今私は生きているのだ、今この瞬間、なぜ自分は生きているのかと。確かに、Ｋを殺した後、私は恐怖のために死ぬことができなかった。だが今はどうだろう？　今も死ぬことが恐ろしいだろうか？　恐ろしいならば、恐ろしくないような死に方を選べば済むことではないだろうか？　なぜ、自殺を試みない？　人生が楽しいのか？　苦痛を忘れるために、その日その日をやり過ごして生きているだけじゃないか。何か、理由があるとでもいうのだろうか。この卑劣な自分を、この卑劣な人生を、いつまで引きずってるつもりなんだ？　私は教室から音という音が聞こえなくなるまで、力の入らない身体を曝《さら》すように椅子にもたれ、思いを巡らしていた。

その時、武彦に肩を叩《たた》かれた。私は教室にまだ人が残っていることに微かに驚いたが、彼は笑みを浮かべ「お前、面白えな」と言った。

「さっきの最高だよ。マジ面白かった。お前おとなしい暗い奴だと思ってたけど、かなりイカレてるな。ははは、ああ、最高だよ。あれじゃまるで」

彼はそこで、一呼吸置くように息を吸った。

「あれじゃまるで、一度人を殺したことがあるみてえじゃねえか」

その日から、武彦との付き合いが始まった。彼は平然と悪事を行うような男で、そこに暗さはなく、迷いも見えなかった。女を手酷く扱うのを趣味のようにし、退屈だからという理由で、別れる場面を演出したこともあった。その日も渋る私を尻目《しりめ》に街中で女に声をかけ、上手《うま》くいかないことがわかると、昔付き合った女を呼び出し、友達を誰か連れてきてもらおうと言い、私の返事を待たず電話をかけ始めた。あの頃の私は人とまともに話すことがなかったので、何を言えばいいのかわからず、帰る意志を示すエネルギーのようなものもなかった。ただ現状に身を委《ゆだ》ねるように、武彦を眺めていたような感じだった。

「大体、あの大学はほんとつまんねえよ。ちょっと女の子に悪いことするとさ、すぐ広まるんだから。くだらねえ。ちなみに、あのゼミで俺と喋ってくれる女なんて一人もいないから。でもな、あんな大学の中探さなくても、女なんて腐るほどいるからな」

「いつも、こんなことばかりしてるのか？」

「こんなことって何だよ。じゃあお前、セックス以上に面白えこと、他に何か挙げられるか」

しばらく経《た》ってやって来たのは二人の女で、その片方の明らかに不機嫌な様子から、それが武彦の昔の彼女だろうと思った。武彦は少しも悪びれることなく、私達をバーに連れて行き、その彼女の見ている前でもう一人の女と一方的に話をしていた。彼女の方はますます不機嫌になり、酒のペースを上げて黙り込んでいた。私はやはり帰るべきだったと思いながら、喋る気力もなく、武彦に頷《うなず》きながら酒を飲んでいた。

武彦がその女とどこかに消え、もう一人と共にバーに残された。気まずい雰囲気だったが、何も考えていなかった。あの頃の私は、会話を成立させようとする気持ちや、場の空気を読むなどの、あらゆる人間的な意欲や習慣に欠けていた。帰ろうとした時、彼女は大きく溜め息をついた。

「あなた、武彦と知り合ったの最近でしょう？」

彼女はそう言ったが、返事を期待するようなものではなく、独り言のように聞こえた。実際、私は頷いたが彼女は見てなかった。

彼女は自分と武彦との今までの経緯を同じく独り言のように話したが、私は聞いていなかった。彼女の方も、私が聞いていようがどうだろうが、構わなかったように思う。その時の私が何を考えていたか覚えていないが、多分、Kに関することだったと思う。腕を揺すられ、彼女から煙草《たばこ》を求められた時、睡眠を邪魔されたような感覚があった。

「ねえ、私と寝たい？」

「は？」

「だから、ホテル行く？　武彦達と同じホテルだって構わないし」

「うん。でも、帰るよ。何か、すげえ疲れた」

「こんな目に遭った女とは関わりたくないってこと？」

「違うよ。ああ、しようか。セックスしよう。俺はさっきの女の子より、君の方がいいと思うよ」

彼女は驚いたようにしばらく私を見ていたが、なぜか声を出して笑った。

「あなた、変わってるね。何かヤケクソじゃない？　なるほどね、武彦とよく似てる」

女を送るために店を出た。マンションまで行き、本当にそのまま帰ろうとする私を、彼女は不思議そうに見ていた気がする。帰る途中、久し振りに会話をしたと思いながら、自分が生活していることを、意識した。人殺しである自分が、人を殺していない人間達の間で、平然と生活しているということを。正体を隠し通せば、自分はこうやって生き続けるのだと思った。顔に笑みを浮かべようとしたが、上手くいかなかった。病が再発しなければ、自分は数十年生きていなければならないという事実が、頭にちらついた。手足の力が抜けていくのを感じながら、無理に歩いた。辺りにタクシーはなく、自分のアパートまでの道程は酷《ひど》く長かった。

武彦は目が大きく、整った顔立ちで、服に最大限の気を使い、髪をいつもムラなく茶色に染めていた。実際に大学での評判は悪く、彼にいい感情を持っていない男は数多くいるようだった。そのために喧嘩《けんか》に巻き込まれることも多かったが、その度に彼は躊躇《ちゅうちょ》なく殴り、一度、やり過ぎたために相手が救急車で運ばれ、大学の厚生課を巻き込んだ問題になったこともあった。私は彼の、赴くままに悪事を成すところに興味を抱いた。しかし、彼が私になぜ興味を持ったのかは、しばらくの間わからなかった。

　彼の紹介で、アルバイトをするようになった。安物の貴金属を高額で売るという、明らかに詐欺《さぎ》のキャッチセールスだった。私達は街中でナンパを装《よそお》って女に声をかけ、その場で交渉したり、会社の用意した展示場に連れて行ったりした。売れそうにない場合には、武彦の判断で、本当のナンパに切り替えることも多かった。不器用だった私は、武彦のように、彼女にして貢《みつ》がせて売るということはしなかったが、僅《わず》かながらの収入をその仕事で得ていた。「この仕事のいいところは」武彦が一度、私に向かって言ったことがあった。「詐欺だってところだよ。人を騙《だま》して物を売るってところに、何とも言えないスリルがあるんだな」

　このコソ泥のようなくだらない悪事に、奇妙にも、微《かす》かな安堵を感じることがあった。自分の周囲を低俗なもので囲うこと、他人が見て眉《まゆ》をひそめるものに、包まれているということ。自分をさらに汚してくれるものを、ことあるごとに、私は貪欲《どんよく》に求めた。そして、揺さぶられるような、強烈な悪を再び成せばどうだろうか、という思いにも駆られるようになった。そうすれば、自分が何かに、根底から変われるような気がしたのだ。発作的に襲われる自殺の衝動に逆らうように、私は、自分を染め上げることだけを考えようとした。

当時の私の生活状況、そして精神の状態を象徴するような一日がある。

その日、武彦から連絡を受けた私は少し遅れて店に入った。既に女が二人いたが、武彦商品を話題にしないことから、彼がセックスに目的を変えているのがわかった。武彦は冗談を繰り返し、既に大分酔っていた彼女達はよく笑っていた。この酒は強過ぎるのではないかという彼女達の問いに、「何とかなるよ」と答えにならない返事を笑いながらしていた。私は、彼は本当は少しも楽しんでいないのだと思った。武彦が心から喜ぶ時は、彼が自ら口にしたところでは、女が嫌がるようなセックスをする時と、思っていた以上に金が儲《もう》かった時だけだった。彼は私にはやさしく、色々と気を使ってくれたが、他の人間に対しては、特に女が絡むと別人のようだった。彼はそれから、テレビで話題になっていたゲームや、いつもやる下ネタの心理テストをし、酔った彼女達を喜ばせていた。軽薄な会話を続ける武彦を、辺りの客達が訝《いぶか》しそうにちらちら見ていた。だがこれは、いつも武彦が女とセックスをするために、嫌々ながらしていることの一つだった。

店を出て、武彦は自分に寄り掛かっていた女を連れてホテルに入り、後ろから歩いていた私も、一人で歩けない女を支えながら入った。彼女はホテルに入るなりトイレと呟き、音を立てて吐き始めた。私はうんざりした気分で煙草を吸い、テレビのスイッチを入れた。複数のアダルトビデオのチャンネルをやり過ごし、映画に合わせた。戦争の映画だった。画像の悪い戦場で、地を這《は》っている者は銃弾で死に、戦車に乗り込んでいた者はミサイルで死んでいた。

「ねえ、やっぱり私帰る」

トイレの中から声が聞こえた。多分吐いたことで幾分しらふになったのだろうと思った。私はどうでもよかったが「どうして？」と聞いた。

「私、別にそんなつもりじゃなかったんだよ。あの子が行きたがってたから付き合ってただけだし…」

「今さらそんなこと言うなよ」

私は煙草の火を点《つ》け直し、建物が派手に爆破されていくのをぼんやり見ていた。迷彩服を着た若い男が、泣きながら銃を乱射していた。字幕が出ないため、彼が何を言ってるのかわからなかった。橋が燃え、人間が燃えていた。そのうち全《すべ》てが燃えるのではないかと思うほど、その炎は激しかった。

「ごめん、本当に帰る。その……、今、元彼からメールあってさ、何か謝ってるんだよ。今日も、別れてヤケになって飲んでただけなの」

「そんなこと知らねえよ」

「ねえ、だから帰して」

「だから知らねえって。いいからさ、取りあえず鍵《かぎ》開けろよ」

煙草を立て続けに吸いながら、わざと彼女が嫌がるような返事をし、トイレのドアのノブをガチャガチャ回してみたりしていた。あの時、私は特別にセックスがしたいと思ってはいなかった。彼女は開けるけど本当に帰してねと繰り返していた。帰すわけにはいかない。私は幾分酒に酔った頭で考えていた。この女が帰りたいのなら、尚更《なおさら》そうさせてはならない。私はそんな小さなことを、気にする人間であるべきではない。その時、彼女が放り投げていたバッグの口が、大きく開いているのが目に入った。私は微かに緊張した。バッグを覗《のぞ》き込むと、ピンク色の派手な財布が入っていた。

「早く出ろよ。いいから、早くしよう。別に明日彼氏に会いに行けばいいじゃねえか」

私はそう言いながら、鼓動が速くなっているのに気がついていた。金を盗むという行為を、今までやったことがなかった。これはみっともない、卑劣な行為だ、と思った。そう思えば思うほど、私はそれをしなければならないような気がした。財布のボタンを外し、中身を覗いた。千円札が、三枚入っていた。この少ない金額が、行為の低俗さを助長しているように思えた。微かに震える指先で、その三枚の紙幣を摑《つか》み、ポケットにねじ入れた。血液が全て下へ降りていくように、力が抜けた。後悔と達成感の入り交じった、奇妙な感覚だった。低俗さを意識すればするほど、自分にそれがしっくり馴染《なじ》んでいくように思われ、あの刑事にKの自殺の理由をでっちあげた時のように、陶酔したような、悪寒《おかん》に似た震えが全身に走った。

その時、一つの考えが浮かんだ。良心と呼ばれるものの正体は、他人に明かされてはならないことを内面に隠している、精神的なストレスの現れに過ぎないのではないかと。例えば大多数の人間が、今の私の行為を是認しさえすれば、盗むことは当たり前であると、大多数の人間が支持してくれさえすれば、私はこの行為についてあれこれ思い悩むことはないのではないか。ならば、殺人はどうだろうか。もしも、私の殺人を大多数の人間が支持すれば、いや、もしも私の殺人が、大多数の人間が仕方がないと思うような性質のものであったならば、私は思い悩むことはなかったのだろうか。ならば人を殺す行為は、場合によるということなのだろうか。私は思いを巡らしながら、後ろポケットにねじ入れた金の感触を、意識し続けていた。

ドアが開き、女が様子を窺《うかが》うように、ゆっくり出てきた。どうでもよかったが、女の腕を摑み、そのまま絨毯《じゅうたん》に押し倒した。女は抵抗し、やめることを懇願するように、細く掠《かす》れた声を出した。その声が切実であればあるほど、私は止《や》めるわけにはいかないと思った。テレビからは、彼女とは別の悲鳴が鳴り響いていた。

「なあ、どうして戦争がいつまでも終わらないか教えてやろうか」私は女の暴れる腕を押さえながら、喋《しゃべ》り続けた。

「大義名分を作り出すからだよ。多くの人間が納得するような、戦争の理由をでっち上げることができるからだよ。多くの人間から容認されさえすれば、人間は人間を殺したって平然と生きていられるんだ。そうだろう？　兵隊だって、最初は動揺するだろうけど、次第に慣れてくるじゃないか。人殺しってのは、時と場合によって悩む必要のなくなるような、その程度のことなんだよ。問題なのは、多くの人間から非難されるのが嫌かどうかということだけだ、違うか？」

「何言ってるの？　お願い、放してよ」

「いいか、君をここで犯したって、多くの人間から非難されるだけだ。俺はきっと、世間の亡霊を恐れてただけなんだ。非難されたくなければ、バレないようにすればいい。戦争だって、本当の理由がバレないように、大義名分を作り上げるんだから。でも俺は別にいい。非難されるかどうかなんて、そんな程度のことなら、どうだって構わないんだ」

「わけわかんないこと言わないでよ。怖いよ、ねえ、放してよ、やめてよ、やめてったら、あんた最低だよ」

「最低？」

「そうだよ、最低だよ、あんたなんかに、やらせてなんかたまるかよ」

「俺は」私はそこまで声に出して言い、『人間だって殺したことがあるんだ』と頭の中で呟《つぶや》いた。私はもうすることはしたような気分になり、力を抜いた。女はしばらく私の顔を驚いたように見ていたが、やがて落ちていたバッグを拾い上げ、駆け足で部屋から出ていった。

開いたままになっていたドアを閉め、大き過ぎるベッドに横たわった。煙草を吸いながら大袈裟《おおげさ》な照明器具を眺めていると、おかしさが込み上げ、気がつくと声を上げて笑っていた。散らばっていたスリッパや、煙草の火や、建物が破壊されていくテレビ画面など、何を見てもおかしかった。おかしさと疲労の入り交じった奇妙な感覚の中で、不意に、どこまでも行こうと思った。どこまでも堕《お》ちていけば、いずれ自分を、何かが虫のようにひねり殺してくれるような気がした。自殺など考えなくても、ひねり殺されるまで、生きていればいい。その時には、もっと無残に死ぬことができる。

私は笑い続け、時々咳《せ》き込みながら、やがて気絶するように眠った。翌日、すぐ隣の部屋だった武彦は様子を窺うような表情をしたが、何も言うことはなかった。

私は、なぜ自分がKを殺した後にあんなにも動揺したのか、その当たり前と思われる事柄を敢《あ》えて考え直した。そこには、善悪の観念が作用していた。殺人とはとんでもないことであり、恐ろしいことであるという、私の中に、血肉のように染《し》み込んで感情も支配していた観念があった。Kを殺したことを振り返りながら、それに苦悩することのない人間。それを可能にするには、この善悪を越えなければならない。善悪は人間が成長していくにつれて既存の社会から学び取っていくもので、元々人間の中に用意されているものではない、と私は結論づけた。私が恐れているのは世間の亡霊であり、今私の中にある呵責《かしゃく》は、私が現在まで深く考えずに抱いてきた善悪の習慣の現れに過ぎず、私の敵は既存の考えであり、自分の中にあるこの道徳の習慣であるのだと。私は自分に言い聞かせた。呪文《じゅもん》のように、いつまでも頭の中に響かせていたこともあった。

そうした日々の中、しかし時折発作のように、自分を破壊したいという、抑制の難しい衝動が湧《わ》いた。あの頃の私は、相反するようで、しかしどこか相通じるこの二つの感情の中に生きていた。もっと激しい悪をと望みながらも、日々の泥のような生活の中にもがくように浸っていた。武彦をしばしば自分から誘うようになり、どんなに相手が醜くてもセックスをし、時折武彦すら眉をひそめることがあった。大学の中で彼がいつものように絡《から》まれた時は、助けるというより、ただ相手を傷つけるためだけに、椅子《いす》で顔を殴り、足で歯を折ったこともあった。その最中、相手が殴り返してこないことに不満を感じたりもした。だが、そんなくだらないことを繰り返したところで、当然のことながら、どこに行き着けるものでもなかった。

祥子《しょうこ》と出会ったのは、大学二年の三月だった。あのような日々の中で、彼女に出会ったことは何かの啓示だったような気がする。神を信じない私がそう思うのは理屈に合わないが、今思い返してみても、やはりそんな気がしてならない。

武彦からの頼みで、彼の失敗を補うために指定された喫茶店へ行った時のことだった。武彦のセールスで五十万ほどの損失をし、彼と背後にある会社を訴えたいという女に会うためだった。武彦に好意を抱き、付き合っていると思っていた彼女は、彼の浮気を見つけて決心をつけたらしかった。どう見ても面倒な役目にうんざりしたが、武彦は上司と相談するから訴えを引き延ばして欲しいと言い、自分が行けばややこしくなるだけだと繰り返して聞かなかった。

その女の付添いとして同席した祥子の姿を、今でも鮮明に思い出すことができる。真《ま》っ直《す》ぐ伸びた奇麗な黒髪を持ち、身長はとても低かったが、不自然なくらい背筋がピンと伸びていた。青いジーンズと同じ色のトレーナーを着、真ん中に大き過ぎる奇妙なロゴが入っていた。もっときちんと化粧すればとても奇麗な顔になるのではないかと、余計な思いを抱いた。祥子は付添い人であるのに、連れが文句を言っている間、まるで関係ないかのように紅茶を飲んだり、私の顔をちらちら見たりしていた。私は付添い人の様子に戸惑いながら、熱心に聞いている振りをした。要するに、武彦の注意をもう一度引こうとしているのは明らかだった。私はうんざりしながらも、課せられた役割をこなしていたと思う。どういうわけかあの頃の私は、人から頼まれたことだけはきちんと果たすことが多かった。

「大体、どうして彼は来ないの？　あなたじゃなくて、彼と話がしたいの。何でいつも着信が拒否されるの？　あなた、あの人の知り合いなんでしょう？　ねえ、真面目《まじめ》に聞いてるの？　ほんとに訴えるよ」

彼女は一人で喋り続け、私に質問をしながらも口を挟むことを許さなかった。話を打ち切ろうとした時、祥子が私の顔を見ながら突然に、「難しい人だなあ」と言った。

私は、そして多分さっきまで文句を言っていた彼女も、その発言の意味がわからなかったと思う。それから祥子は、またも独り言のように「うん、難しいねえ」と呟いた。

数秒の沈黙の間に、スピーカーから流れていた曲が変わり、店内が完全に静まったことを覚えている。祥子は私達の様子が気にならないのか、また紅茶に口を付けていた。

「何が難しいの？」私はそう、やっと言葉を出した。

「ん？　だから、あなたのことを難しい人だなって思ったんだよ。本当は、武彦ってどんな人か楽しみにしてたんだけど」

彼女は相変わらず私を見ながら、そう言った。

「ちょっと、何言ってるの？　さっきから他人事《ひとごと》みたいにしてるかと思えば、そんなこと関係ないじゃない」

「まあ、関係ないけどさあ…」

祥子はそう言うと、それから何も言わなくなってしまった。

文句を言っていた女は、付添い人の態度に拍子抜けしたのか、さっきまでの元気を失っていた。私は必ず連絡するように伝えると約束し、その場をやり過ごした。だが、私が気にしていたのは、もうそのことではなかった。祥子が言った言葉は、妙に絡みつくように、私の中から離れなかった。彼女と一緒に店を出ようとしていた祥子を、気がつくと、「ちょっと話がある」と呼び止めていた。

祥子は何も言わず一人で戻ってきた。祥子を引き止めようとしてこちらをうんざり見ていた女は、やがて諦《あきら》めたように出ていった。

私達は、しばらく沈黙したままだった。私は、自分の行動に驚いていた。そして怪《け》訝《げん》な様子一つすることなく、普通に戻ってきた彼女に対しても戸惑っていた。私の中にはしかし、確かな、嫌な感じのする胸騒ぎがあった。私は苛々《いらいら》し、払拭《ふっしょく》するために、さっきなぜあんなことを言ったのか、その真意を聞こうとした。

「なんでって言われても、ただ、そう思ったから言ったんだよ」

「だから、なんでそう思ったんだよ」

「思ったんだからしょうがないじゃない。そんなこと言われてもわかんないよ」

彼女はそう言うと、本当にわからないとでも言うような、子供のように困惑した表情を見せた。あの時、この表情に自分はそぐわない気がした。自分の中にある感覚に戸惑い、引き止めたことを謝りながら立ち去ろうとした。だが、彼女は私の腕を引いた。

「ちょっとさあ、呼び止めたのはそっちでしょう？　いきなり帰らないでよ」

「だから悪かったって言ってるじゃないか。用事あるんだ。帰らなきゃいけない」

「ねえ、悪いことしちゃ駄目だよ」

「は？　君には関係ないだろう？」

「あなた、そういうキャラじゃないよ」

彼女はそう言うと、まるで自分の言ったことに興味をなくしたように目をつぶり、残っていた紅茶を飲み始めた。その様子は、店内に流れているつまらないポップスに聞き入っているようにも見えた。

「何でそんなことわかるんだよ」

「わかるんじゃなくて、そう思っただけだよ。あなた、何でとかどうしてとか、聞き過ぎるんだよ」

彼女はなぜだかわからないが微笑《ほほえ》んでいた。「何だか、今すぐ死んじゃうみたいな顔してるよ。昔ねえ、そういう人に会ったことがあるの。そしたら、ほんとに死んじゃったんだよ。すごいでしょう？　まあ別に、その時一回きりなんだけど」

「ああ、じゃあ、当たってるかもしれないな」

私は何気なくそう言ったのだが、どういうわけか、彼女は笑顔を止めていた。

「簡単に死ぬことをほのめかすのって、卑怯《ひきょう》な人間のすることなんだよ」

「は？　何だよ、突然」

「どうせ自分のカラに閉じこもって、甘いこと考えてるんでしょう？　そういうのって、すごく駄目なんだよ」

私は何か言おうとしたが、意味がよくわからず、面倒だったこともあり黙っていた。会話を聞いていたのか、隣のテーブルの若いカップルが、クスクス笑いながらこちらを見ていた。

祥子は私と同じ大学に通っていて、構内で顔を合わせることが多くなった。その度に彼女は喋りかけ、ふざけながらいつまでもついてきたりした。彼女は私に、普通というものを意識させた。会話する度に、自分が普通の大学生活をしているような、そんな錯覚に捉《とら》われることがあった。自分が彼女に関心を持っていることに気がついていたが、なるべく関わらない方がいいと決めていた。彼女には、私の均衡を危うくさせる独特のペースのようなものがあった。それは武彦や日頃の生活から感じるものとは、確かに違っていたような気がする。私が武彦を誤解していたと気がつくのは、しばらく後のことだった。

それから三ヵ月ほどが経《た》った頃だろうか。武彦と飲んだ帰り道の深夜、立て続けに煙草《たばこ》を吸いながら、自分のアパートとは逆の方向へ歩き続けていた。それは、取り憑《つ》かれたように、と言っても大袈裟でないほどの長い時間だった。祥子から何度も着信があったが、なぜか出ようと思わなかった。幾つもの信号を越え、見たことのない風景を通り過ぎた。足に痛みを感じたが、構わず進んだ。他に歩いている者はいなかった。スピードを上げた車が通り過ぎる他に音はなく、辺りはどこまで歩いても静けさを保っていた。

私は、大学での日々を思い返していた。Kを殺した事実を振り返りながらも、それに苦悩しない人間。だが、それでどうなるのかという疑問は、私の中から離れなかった。意識を向けないように努めていたことが、次々と頭に浮かび続けていた。苦悩しない人間になったところで、自分が新たに人生を始め、そのことによって幸福になるとは思えなかった。確かに、善悪のない人間になることが可能だとするならば、何も気にせずに生きていくことができるかもしれない。しかし、悪に徹して生きたところで、その先に何があるのかという問いに、答えを見つけることができなかった。その人生に魅力を感じることができるとも、やはり思えなかった。反対に、改心し、自分の犯した罪を償う日々を生きるとしても、Kは蘇《よみがえ》ることはなく、彼の死を償うことなどできるはずがなかった。第一に、私が改心するということは、Kにとって怒りを覚えることではないかと思うのだった。自分を殺しておきながら、悪かったと改心し、自首をし、罪を償った形で社会に入っていく私を、しかもそのことにより幾らかの心の平安を感じるだろう私を、Kは決して許さないように思えてならなかった。Kは、私が悪事に徹しても、改心しても、どちらにしても、許すはずがなかった。それはKの母が言った通りなのだ。私には、死ぬことしかないのではないか。確かに、Kは、そしてKの母も私が安易に自殺することを許さないだろう。だが、これ以上苦痛を感じるよりは、つまりKから逃れるには、卑怯と思われようが、自殺をして何も感じなくなるしかないのではないか。私は考え続け、歩き続けた。次第に車も通らなくなり、辺りには私の靴音だけが響いていた。

静寂の中で、私を呼ぶような猫の鳴き声を聞いた。振り返ると小さな猫が私の後をつけていた。外灯に照らされたその大きな目は、どことなく、知り合ったばかりの祥子に似ているような気がした。私はまた歩き始めたが、猫はいつまでも後ろからついてきて離れなかった。餌《えさ》が欲しいのだろうか、と私は考えた。この猫は、私が殺人者であることを知らないのだと思った。殺人者であることを知っても、この猫はついてくるのだろうか。殺人者である私の目の前で無防備にも寝転がり、甘え、餌をねだるのだろうか。私は、そんな取り留めのないことを思い浮かべていた。

後ろで鈍い音がし、一台の車がスピードを上げて走っていった。ガードレールの側《そば》で、さっきの猫が丸くなるように倒れていた。駆け寄り、猫の状態を見ようと身体《からだ》に触れたが、私の手は温かく濡《ぬ》れ、猫は苦痛に顔を歪《ゆが》めながら、私の顔を見ていた。その細い身体が小刻みに震えているのが伝わった。猫は小さく、細く鳴き声を上げた。

猫を抱きながら、私は奇妙な感覚に襲われていた。久しく感じたことのないものだった。動揺していく自分を意識しながら、それが何であるのかを、考えていた。不意に、さっきの車を、若い男女が乗っていたように見えたあの白い車を、追いかけていきたい衝動に駆られた。だが、そのすぐあとに私は愕然《がくぜん》とし、身体中の力が抜けてその場から動くことができなくなった。資格が、ないのだ。私にふさわしいのは、この猫の死を、冷酷に眺めることだった。重さのある固まりのようなものが、自分の中の何かをきつく、押し続けているようだった。これからも私は、生きていく場面場面でこの猫のことを思い出すのだろうと思った。猫を抱いたまま、いつまでも身体に力が入らなかった。

病院で睡眠薬を処方してもらうようになったのも、その頃だったと思う。一度に規定量しかもらえないために、何度も使った振りをして足を運ばなければならなかった。自殺の方法としては消極的だと思ったが、これなら最小限の勇気で死ねるような気がした。貯《た》めた錠剤を瓶に入れ、棚の上にあったKの母の手紙の封筒などと一緒に、机の引き出しにしまった。これで自分の破壊衝動は叶《かな》うのだと思ったが、気分は少しも楽にならなかった。私が求めていたのがそれではないと気がついたのは、ずっと後のことだったのだ。

実際に、私が自殺を試みるまでには長い時間を要した。試みたのは大学三年の秋であり、薬を手に入れ始めてから数ヵ月後のことだった。自殺から逃げる理由のようにも思えたのだが、自分のするべきことがまだ残っているような気がしていた。頭の隅に、形にならない不明瞭《ふめいりよう》な映像が、繰り返し、自殺に抗するように浮かんでは消えた。それが何であるのか、いつまでもわからなかった。思考が乱れ、部屋のベッドに座ったまま、数時間の記憶がなかったこともあった。不意に立ち上がり、夢遊病者のようにコップに水を汲《く》んで一気に錠剤を流し込んだのは、妙な言い方だが、偶然だったような気がする。あの時携帯電話の着信音や、地震などがあれば、私の自殺はまた数週間延ばされていたように思う。鼓動が緩やかに速くなっていくのを、意識の隅で感じた。多分私の死に心臓が抵抗しているのだと、ぼんやり思った。記憶は、そこで途切れた。黄色い、ぼんやりとした染《し》みのようなものが、目の前に浮かんだ印象が最後だった。

目が覚めた時、自分の現状が上手《うま》く把握できなかった。目の前に祥子や武彦がいることも、自分がいつもと違う場所で目覚めていることも、なぜなのかわからなかった。不思議なことだが、あの時の私は自殺をしたということ自体を、しばらくの間忘れていた。周囲の風景に身体が馴染《なじ》み始めた時、割れるような頭痛を感じた。自分の失敗を理解したのは、その頭痛の最中だった。

入ってきた医師の身振りで、祥子達は部屋から出ていった。さっきまで彼女達が喋《しゃべ》りかけていた言葉に、私はどう答えればいいのかわからずにいた。医師は笑みを浮かべながら「失敗したね」と言った。私は微《かす》かに頷《うなず》いた。

「でもね、失敗したことに感謝する時が来る。そう思って下さい。もう少し発見が遅れたら、どうなっていたかわからない。まず、あの娘さんに感謝して下さい」

「祥子が？」

「祥子さんというんですか。ええ、さっきいた子です。とてもいい子ですね。泣いていましたよ。私達が大丈夫だと言っても中々泣き止《や》まなくて困ったほどです。あんなにいい子がいるのに、死ぬなんて考えてはいけません」

「いや、別にそういう関係ではないのですが」

「そうですか。でも、あなたのことを心配してることに変わりはない。大事にして下さい」

医師はベッドの脇《わき》にあった椅子《いす》に腰かけ、私の顔を見ていた。私はぼんやりとその表情を見ながら、まとまらない考えを巡らしていた。

「こういうことをしてしまう人は、何かに酔っていることがあります。自分が悲劇のどん底にいると思い込んで、まるで演技でもしているかのように、儀式のように自殺してしまうこともあるんです。遺書を書いたり、身の回りの整頓《せいとん》をしたり、若い人は、特にそうかもしれません。でも、あなたの場合は発作的だったようですね。ドアの鍵《かぎ》が開いていなければ、助かることはなかったでしょう」

「鍵が、開いてたんですか?」

「ええ。でもそれは、多分、無意識にあなたが開けていたのだと思うんです。無意識のうちに、あなたは助かりたいと思い、妙な言い方ですが、わざと部屋の鍵を掛け忘れたのではないでしょうか。よくあることなのです。でも、その心を、大事にして下さい。あなたの身体というか、あなた自身は、まだ死にたいとは思っていないんですよ」

医師はそれからも諭すように柔い言葉を使い分け、部屋から出ていった。代わりに入ってきた祥子と武彦も、笑顔で私を見ていた。

「君達は、知り合いだったのか？」

私は何を言えばいいのかわからず、そう言った。

「知り合いじゃないよ。いきなり彼女から電話があってさ、お前の住所を知りたいって。誰かわからなかったから迷ったんだけど、何か切羽詰まってる感じだったからさ、でも、結果的には良かったよ。ああ、ほんとに良かった」

「一昨日《おととい》電話したでしょ？　覚えてない？　あなた、すごく上の空だったから気になって、その後電話してもずっと電源切れてるし、何か変な感じだったから、バイトの帰りに寄ろうと思ったのよ」

「部屋の鍵が、開いてたの？」

私がそう聞くと、祥子はゆっくり頷いた。

私はもう一日だけ病院にいることになり、武彦が付き添うことになった。彼は気まずさを振り払うように、息つく暇がないほど一人で喋っていた。私はありがたく感じたが、その好意にどう答えればいいのかわからなかった。

武彦の個人的な話を聞いたのは、その夜だった。彼はまだ私が起きているのを確認すると、何かを言いかけ、私が聞き返すと思いついたような冗談を言った。部屋は禁煙だったが、彼の点《つ》けた煙草の火が暗闇《くらやみ》にぼんやり浮かんだ。しばらくの沈黙の後、彼は「たまには真面目《まじめ》な話でもするか」と言い、笑いながら私の了承をしつこいくらい求めた。彼が不自然に緊張しているのが、暗闇の中でもわかった。「今まで誰にも言ったことがない」と前置きをした後、彼は自分と父親との関係から、ゆっくり話し始めた。

「何でか知らないけど、前から、お前には話そうと思ってたんだ。ああ、でもあれだぞ、退屈だったら寝ちまってもいいし、別に俺が個人的に話したいだけだしさ……。こういうことは、何だか恥ずかしくて殆《ほとん》ど人に言ってないんだけど、俺の親父《おやじ》は、熱心に宗教やってるんだ。クリスチャンなんだよ。ははは、俺からは想像できないだろうけど、親はそうなんだ。あれにはやたらとタイプみたいなのがあって、親父達はカトリックだった。カトリックてのは…、いや、そんなことはどうでもいいや。親父はキリスト教系の学校で教師をしてて、日曜になると近くの教会に行って……信者達からもすげえ信望が厚くてさ、地元でも名士みたいな感じだったんだ、キリスト教徒ってのは大体、近所では一目置かれるんだよ」

私は相槌《あいづち》を打ち、彼から貰《もら》った煙草に火を点けた。

「でも、親父は俺の母親を捨てたんだ。若いどっかの女を家に連れてきて、これが新しい母親だって言いやがった。よくある話だよ。俺の母親は気性が荒かったらしくてさ、近所でも評判が良くなかった。だから、世間は親父に同情的だったんだ。親父は相変わらず周囲の人望が厚くて、新しい女も評判が良かった。でも俺はまだ小学生だったんだ。納得できるはずがないだろう？　親父は有名だったらしくて、ラジオに出たり、どっかの刑務所で講演したり、見ていて腹が立ったよ。家でも、真剣に神に祈るんだ。新しい女と一緒に。世界の人間達のために祈るんだって言ってた。すげえ真剣な目で俺を見ながらな。実際、敬虔《けいけん》な信者だったよ。一度、俺の母親一人救えなかった奴《やつ》が、世界の人間を救えるはずがないじゃないかって言ってやったことがあったよ。殴られたね。大人が俺達を殴るのは、大抵痛いところを突かれた時なんだよ。実際、汚ねえよな。今思い出してもムカついてくるよ。新しい女は俺に同情的だった。こればっかりは、どうしやさしかったよ。でもそのやさしいのがまた腹が立つんだ。こればっかりは、どうしようもないよな。あの頃、自分の感情を抑えられなくて、何だか苦しかった。上手く言えないけど、キリスト教とは正反対の、世間から嫌われるようなドロドロとしたものが、何かそういうものが、自分の中にあったんだ。思い切って言うけど、俺はその女の死を願ってた。親父に対してもそうだよ。それで、母親を取り戻したかった。母親のことはよく覚えてないけど、抱かれていた記憶があるよ。あの時、ははは、ここに全部があるんだって思ったな。自分の不安や怖さを全《すべ》て受け止めてくれるっていうか、そういうもんがあるってさ。それを取り戻したかったんだよ。俺の母親の悪口を聞く度に、相手が大人でも摑《つか》みかかっていったよ。まあ、いつも親父に押さえつけられて終わるんだけど。

聖書は、もっと小さい頃から腐るほど読まされた。旧約も新約もだよ。でも、俺が一番ショックだったのは、よく取り上げられるような、有名なところじゃなかった。ほら、豚に悪霊《あくりょう》が入り込んで自殺するところとか、イエスに悪魔が三つの問いをするところとか、ははは、知るわけねえか。何かマニアックな話で悪いんだけど、まあとにかく、ショックを受けたところがあったんだ。まあ、何でもないような一シーンなんだけどさ。

マタイの福音書の二十一章ってとこに書いてある。都から帰ってきたイエスが腹を空《す》かしていちじくの木に近寄るんだ。その実を食べようと思ってな。イエスだって人の子だよ。腹が減るんだ。でも、そこには葉っぱの他に、実が一つもなってなかった。食べようと思ったのに、その実がなかったんだ。イエスは残念に思った。いちじくの木は、彼が期待していたものではなかったんだ。そこで、イエスは言うんだよ。『今から後いつまでも、お前には実がならないように』

武彦はそこまで言うと、しばらく黙った。そして、速く喋り過ぎたか、と聞いた。私は大丈夫だと言ったが、また話し始めるまでには、少しの空白があった。

「でな、そうすると、いちじくの木はみるみる枯れてしまうんだ。イエスの言う通り、『今から後いつまでも、実がならなく』なってしまったんだよ。それを見ていた弟子達は驚いて、イエスを羨望《せんぼう》の眼差《まなざ》しで見つめるんだ。もちろん、これはイエスの奇跡を描写した何でもない一シーンなのかもしれない。親父達が言うように、当時のエルサレムの人間達の信仰の姿を言い表した、戒めの譬《たと》えなのかもしれない。だけど、小さかった俺は心から脅《おび》えたよ。自分は、このいちじくの木なんじゃないかって、思ったんだ。腹の中に、親父や女の死を望むようなドロドロとした固まりを抱えている自分のことをさ。実際、親殺しというのはキリスト教にとって特に大罪だしな。イエスが俺に近づいてくる夢を何度も見たよ。奴は俺に近づいて、俺の中に『何かいいもの』があるかを探す。でも、俺からは何も見つからない。そして奴は俺に呪いをかける。『今から後いつまでも、お前には実がならないように』」

窓の向こうから、救急車のサイレンが近づいてきた。部屋が微かに明るく見えたのは、月が出ていたからだろう。武彦は煙草《たばこ》を吸い続けながら、天井の辺りをぼんやりと眺めていた。煙草の煙は天井近くまで舞い上がり、やがて空気の中に消えた。

「もちろん、俺がキリスト教というものを、ねじ曲げて受け取ってるのは認めるよ。親父とキリスト教を同一視してることも、間違ってると思う。でも、ガキの頃の印象からは、どうも中々抜けられないんだよな。こんなドロドロしたものを抱えている自分は、親父と一緒にキリスト教も嫌いになった自分は、イエスから見れば、いちじくの木と一緒じゃないかと思った。だけど、このドロドロしたものを失えば、自分は自分でなくなるとも思ったよ。親父がこれ見よがしに読んでいた汚れた聖書とか、十字架とか、教会のステンドグラスとか、ああいう厳粛な感じがするものを、俺は全部拒否した。歯向かうようにグレた。高校に入って、行方不明になっていた母親が自殺した知らせを受けた時、俺の人生は決まったような感じだった。石が山から転がってくみたいに、生活はどんどん荒《すさ》んだよ。高校は退学になった。大学は大検で受けたんだ。何だか、死んだ母親のためにグレてるような、馬鹿《ばか》みたいな感覚だった。母親のために、親父や親父が守っているものに仕返しするために、それを傷つけるために、グレてるっていうかさ。でも、段々、そういう生活が気味が悪いくらいしっくり馴染《なじ》み始めたんだ。うん、何か、気味が悪いくらいにさ。時々、母親のことなんか忘れて、純粋に酷《ひど》いことを楽しんでる自分を意識することさえあった。それで今の有様だよ。何人の女とやれるかとか、この年齢で、詐欺《さぎ》でも何でもいいから、幾らの金をもつことができるかとか、まあ、知っての通りの生活だよ。でも、時々何かに呑《の》み込まれてるような感じがするよ。自分が、何ていうのかな……、悪い何かっていうか……、はは、難しいな。とにかく、そういった大きい何かに、呑まれてるみたいにさ」

彼はそう言い終わると、私の様子を窺《うかが》うようにこちらを見た。何かを言おうと思ったが、上手く言葉が出なかった。

「俺は、お前を最初に見た時さ、ほら、ゼミでお前が発言した時、何でかな…、昔の自分にどこか似てるような感じがしたんだ。それから付き合ってみてもそうだよ。お前は、何だかわざと悪いことをしてるように見えた。自分を追い詰めるみてえにな。しかも苛立《いらだ》ってるんだよ。こんなことじゃないんだ、もっと悪いことをしなければばって。でも、俺とは決定的に違うところがある。それは、お前にはまだすげえ普通なところがあるってことだよ。上手く言えないけど、おぼっちゃんみたいなところがあるよ。時々羨《うらや》ましくなるくらい、甘ちゃんなんだ。俺は……、もう駄目だな。改心するには、傷つけた人間が多過ぎる。俺のせいで、人生を駄目にした人間だっている。それに、今ではもうこの生活がたまらなく好きになってる自分がいるしな。それから……」

「違うんだ」

武彦が話している途中で、そう声を上げていた。私の声は震えていたように思う。自分は人を殺したのだと、頭の中で繰り返していた。人から羨ましがられるような、そんな存在ではないのだと。傷つけた人間が多いどころではない。親友を殺した人間なのだ。私の口は、言葉を出そうと開いたままだった。だが、喉《のど》に身体《からだ》中の緊張が集まったように、息が詰まった。

あとは声に出すだけだ、と思った。声に出せば、武彦は私が人殺しであることを知るのだ。あの時、私は告白したいという、激しい衝動に駆られた。なぜだかはわからない。彼に告白することで、私は何かを期待したのだろうか。それとも、羨ましいと思われている誤解に、苦しくなったのだろうか。この時の衝動は、ゼミなどで苛《さいな》まれた時のものとは違っていたような気がする。私は彼に、なぜか許しを乞《こ》うような気持ちになっていた。でも、私の中の強い力が、それを抑えていた。私の存在を象徴しているようなものが、自分の崩壊を阻止するように、私の行為を押し留め続けていた。

「ん？　どうしたんだよ」

「おい、大丈夫か？」

「いや」

武彦と目が合い、視線を逸《そ》らすことができなくなった。戸惑ったのだろう、武彦は立ち上がり、医者を呼ぶ素振りまで見せた。結局、私は何も言わなかった。私のために自分を曝《さら》け出そうとした彼に、何も応《こた》えることができなかった。


昼に病院を出、部屋に戻り眠った。祥子から電話があったのは、夕方頃だった。何気ない話をしているうちに、彼女の部屋に行くことになった。大学のすぐ側《そば》の、レンガ模様の新しいマンションだった。高校の時のものだという、白いネームの入ったジャージを着た彼女を見て、笑ったことを覚えている。私が演技ではなくあのように笑ったのは、大学に入って初めてのことだった。自分に戸惑いを感じたが、深く考えることを避けたいとも思った。あの時、私は確かにどこか違っていた。

祥子の部屋は狭く、足の踏み場もなかったが、よく見ると全てが機能的に配置されていた。どこでも寝転がれるようにクッションがあちこちに置かれ、雑誌や菓子などがすぐ手に取れる位置に転がっていた。テレビのリモコンと携帯電話と財布と鍵《かぎ》が、テーブルの上の茶色い奇妙なカゴの中に全て収まっていた。何でもない会話の途中に、祥子が「もう死んだら駄目だよ」と言った。それは唐突な言葉だったが、柔らかく、私の中に入りいつまでも抜けようとしなかった。

その日に、初めて祥子と寝た。あれほど暖かいセックスを、今まで体験したことがなかった。私にとってセックスとは、気だるさに抗するように行う性欲の処理でしかなかった。私は戸惑いを覚えながらも、祥子を何度も抱きしめた。射精した後の憂鬱《ゆううつ》も、感じることがなかった。私はぼんやりしながら、自分の横にいる祥子の髪を指先で撫《な》でていた。その時の祥子は、いつもより幼く見えた。

「ねえ、また言うけど、もう死んだら駄目だからね」

「ん?」

「だから、自分で死んだら駄目なの。昔ね、私が自分に決めたことなんだよ。あなたも守らないと駄目だよ」

祥子はそう言うと、天井を眺め始めた。

「中学の時に色々あったんだけど、その時に自分で守ることを作ったの。自殺したら駄目だってことも、決めたの」

「どうして? 卑怯《ひきょう》だから?」

「それもあるけど、どうしてもそうなんだよ。理由なんてないよ。理由を作ると、必ずそれに反対する言葉が出てくるでしょう？　だから理由を作ったら駄目なんだよ。ただ、自分にそう言い聞かせたの」

祥子はそう言うと笑った。

「他には？」

「自分の主義を守り通すこと、とか」

「主義？　どんな？」

「自分というものを抱えて、最後まで生きる勇気を持つってことだよ」

「……他には？」

「夜の間食はしない」

「何だよそれ。そんなのも入るのか」

私は煙草に火を点《つ》けながら、もう一度笑った。

「よくわからないけど、君の法律だったら守ってもいいような気がするな」

「そうでしょう？」

「うん…」

私は何かを言いかけ、そのまま言葉を失った。忘れていた憂鬱が、身体の奥から込み上げていた。私の変化に気がついたのか、祥子が腕を摑《つか》んだ。

「ねえ、幸せだと思わない？　こんな風にセックスしながら、年を取っていくんだよ。なるべく疲れない仕事をして、セックスして、ご飯食べて、セックスして、たまにどこかに出かけるんだよ。ねえ、こういうのって、幸せだと思わない？」

　祥子の中には、説明のいらない善があったような気がする。私の中にはない、暖かさの固まりというか、当たり前のように存在する善が、確かにあった気がする。私は天井を眺めながら、その生活を想像した。確かに、そこには幸福があるような気がした。私が今まで味わったことのない、暖かなものが、そこにはあった。私は、死の床に伏せていた時に感じた、あの光の束のことを思い出していた。今この場所に、あの時に見た人生の幸福というものが、あるのかもしれないと思った。私の目の前にそれがあるのかもしれないと、ぼんやりとした意識の中で、考えた。私は祥子を見つめたが、しかし、身体から湧《わ》き上がるものがあった。それは、自分が殺人者であるという事実だった。その場で泣いてしまいたい衝動に駆られたが、それに抵抗するものが自分の中にあった。頭痛がし、喉を通らないものを吐き出すように、息が苦しくなった。

　祥子が私の腕を、今度は強く握った。

「無理しなくていいよ。どうせ何かあるんでしょう？　誰だってわかるよ。そんな様子してたら。でも、それがどんなことだろうと、私はあなたの味方だから。ははは、それが、どんなに酷いことでも」

「どうして、君はそこまで？」

「どうしてかって？　あなたのことが好きだからでしょう？　それ以外に理由なんてないよ。馬鹿じゃないの？　とにかく、そのことは忘れたら駄目だよ」

私はそのまま眠り、目が覚めたのは夕方だった。昨日感じた頭痛は、夢の中でも、そして目覚めてからも続いていた。部屋に戻ると、あの青い服を着た少年がいた。

＊

妙なことだが、私は自分の部屋のドアを開ける前から、彼がそこにいることを予想していた。少年は部屋の隅に、物に掴まるような姿勢で立っていたが、そこには何もなかった。骨が浮き出ている痩《や》せた顔に、強調された大きな目がついていた。開いたままになっている口には、歯が生えていない。その様子は私の病状を告げた時と同じであり、記憶の中の彼と、目の前の彼は同じ姿勢を取っていた。その映像は、はっきりとし過ぎていた。目に直接張り付いているかのように、輪郭は少しもぼやけることがなかった。

一般的に、それは夢か、幻覚と呼ばれるものだった。実際に四日後、私は病院で（軽度のものだったが）神経症の診断を受けることになる。だが、私は今でも、あれが幻覚だったとは思えない。あそこには、確かに彼がいたような気がするのだった。自分の書いていることが理に叶《かな》っていないことはわかっているが、今でも、その考えを捨てることができない。

あの時私は、彼を黙ったまま見つめた。その映像は変化しないが、彼が言いたいことが伝わってくるような気がした。目を閉じたが、開くとまだ同じ姿勢でそこにいた。いつまでも居座るつもりなのだろう、と私は思った。彼が喋《しゃべ》り出すような気がした時、実際に声が聞こえた。

「た、大そうな身分になったたね。女を抱いて帰ってきたんだろう？」

声は頭から湧くように響いたが、実際に、彼の口が動いている気がした。私は沈黙したまま、彼を見つめ続けた。意識の繋《つな》がりが解けるように、自分の思考が乱れていくのがわかった。少年はあの時と同じように、ハウハウ、と笑った。

「『君が作った法律なら守ってもいいような気がするな』だったっけ。す、すげえな。よくそんなことが言えたもんだよ。き、君はどうせ、彼女達に、言うつもりなんだろは、何て酷い人間なんだ。勝手な人間だ。う？　あ、あのことをさ。それで救われるつもりだとしたら、今さら改心するなんて、は、吐き気がするよ。あんなことをしといて、今さら改心するなんて、勝手な人間だ。く、屑《くず》だよ」

私は煙草を吸おうとしたが、どこにも見当たらなかった。どういうわけか、腰を下ろすこともできなかった。私は少年を見つめたまま、視線を動かすことができなかった。

「だとしたら、どうなんだよ」

「だとしたらだって？　す、すごいな。どうやら満更でもないみたいだ。驚いたよ、この人殺しが」

少年は大きく声を上げ、それからさも苦しそうに、息を吐くように笑い続けた。

「た、確かに、彼らは、君のことを見捨てはしないだろうさ。君を救おうとするだろう。どちらも変わった人間みたいだからね。と、特に祥子はそうだろうさ。君を救おうとするだろうよ。どちらも変わった人間ぼ、僕が聞きたいのは、君自身のことなんだよ。き、君が、そんな自分でいることを、許していることができるのかってさ。そうだろう？　君は人を殺した。あんなに善良な、しかも君の親友だった少年を殺した。若い命を、その将来の全《すべ》てを叩《たた》き潰《つぶ》したんだ。そのせいで、彼の母親の人生まで終わらせた。彼女は発狂して、入院したんだ。

どうだい？　そんなことをしでかした人間が、救われていいのかかい？　他人にそんな最大の苦痛を味わわせた張本人が、幸福になっていいのかい？　君は、救われていく自分を、そのまま受け入れていくのかい？　だとしたら、君は本当の悪魔だよ。いや、悪魔以下だよ。悪魔は自分が悪魔であることを少なくとも自覚して、暖かいものなんか望んだりしないのだから」

日が沈んでいき、電灯のついていない部屋が濃い青に塗られたように薄暗くなっていた。喉が渇いたが、動くことができなかった。

「お前は、それを言いにわざわざ来たのか？」

「そ、そうだよ。君がどこに逃げても、僕には君の居場所はすぐわかるんだよ」

「どこに逃げても？」

「そうだよ。だって、今だって君が僕を呼び出してるんだ。そうだろう？」

少年はそう言うとまた笑い、剝《む》き出しになった二つの目をこちらに向けた。ボタンの外れた胸元の骨が大きく突き出ている。何から何まで、あの時と同じだった。少年はそれから、「人殺し」と呟《つぶや》いた。

「黙れよ」

「黙らないよ。人殺しに人殺しと言って、何が悪いんだよ」

「うるさい」

「人殺し。人殺し、人殺し……」

「黙れって言ってるだろう」

私はそう叫んだが、上手《うま》く声が出なかった。身体中が熱くなり、気がつくとテーブルの上の灰皿を投げていた。だが、音がしなかった。床にばらまかれたはずの吸い殻も灰も、どこにもなかった。灰皿はまだ、テーブルの上にあった。

「だ、黙れというのも、おかしな話だよ。き、君が僕を呼んでるんじゃないか」

「静かにしろよ。少しだけでいいから、静かにしてくれ」

「大体、君は忘れてるじゃないか。思い出せよ、あ、あの病気の時のことをさ。君は、この世界を、あんなに憎悪《ぞうお》したじゃないか。この世界は無意味だって、君は思ったじゃないか。き、君は、自分が人殺しになったことに気を取られて、そのことをもう考えていないだろう？　ハ、ハハウ、あんなに憎悪していたくせに、それなのに、『幸福がある』なんて言い出すんだから。ど、どこまでも、勝手な奴《やつ》だよ。多くの人間達と同じように、君も気を取られて、そのことを考えていないじゃないか。まあ、君はも、もっと、たちが悪い。ひ、人殺しなんだから」

「黙れ。黙らないと殺すぞ」

「凄《すご》いなあ。ひ、人殺しの君が言うと、説得力があるよ」

「お前が幻覚だってことくらい、わかってるんだ。消えろよ、本当に殺すぞ」

「消えないよ。君は消そうと思ってないみたいだしね。き、君は僕の話を聞きたがってる。だから、教えてあげるんだ。君のぎ、疑問をさ。『なぜあの時、自分の虚無が終わったか』か、簡単さ。K君を殺したからだよ。殺人っていう、この世界で一番衝撃的で、興奮することをしたからさ。君の中で、というより、大抵の人間の間で、最も激しいと位置づけられている行為をしたからだよ。その行為の衝撃が、君を包んでいた虚無を上回ったんだ。あの精神の状態が、そ、その衝撃を受けたことでどこか奥に沈んでいったんだ。もっと教えてあげるよ。いいかい。よく聞くんだよ。君は、K君を殺していなかったら、あのまま自殺していたんだよ」

「やめろよ。もういい」

「やめないよ。君は、K君を殺していなかったら、あの時に死んでいたんだ。ここからは、可能性だ。いいかい。ひょっとしたら、それは君が全て計算していたのかもしれないんだよ。君の無意識が、自己防衛の働きをして、K君を殺したという可能性がある。死へ向かうことを感じ取った君の無意識が、君に衝撃を与えるために、君の意識をそう動かした。違うかい？　ええ？　な、何とか言ってみろよ」

「そんなことあるわけがないじゃないか。あの時、俺はそんなことは考えてなかったよ」

「確かに、君は考えていなかった。でも、君は自分の無意識まで管理できるかい？　そんな人間はいないさ。だから、逆を言えば、そうではないとは誰も言えないんだよ」

「なら、そうだとも言えない」

「だ、だから、可能性って言ってるじゃないか。でも怪しいな。その慌《あわ》て振りはさ。ハ、ハウ、図星かもしれない。ぼ、僕は、意識は無意識の奴隷《どれい》だと思ってるんだ。もちろん、どちらも、君自身だよ。ハ、ハ、だとしたら、君は、すごい人間だよ。こんなに最悪な人間を、ぼ、僕は見たことがないよ」

「黙れ」

私はそう叫び、少年にもう一度灰皿を投げつけた。硬く大きな音が部屋に響き、今度は、実際に灰皿が飛んだ。少年の足元に落ち、辺りに吸い殻が散らばった。私は、涙を流していた。幻覚を消そうと思いながらも、それは消えなかった。いや、というよりも、消したくないという自分がいたのだった。もっと私に言葉をぶつけてくれと思う自分が、確かに私の中にもう一人いた。二つに裂けていくような苦痛に、意識が途切れていった。だが、なおも意識を明確にしようとする自分が、やはり私の中には存在していた。

「じゃ、じゃあ、お前は、やはり俺に死ねというんだな」

「と、とんでもない。そ、そんな卑怯《ひきょう》なことを、君にさせたくなんてないさ。じ、自殺なんて、安易だよ。楽過ぎる。そんなことは、許されない」

「なら、俺はどうすれば」

「どうすればだって？」

その時、少年の表情が変わった。顔中の皮膚に皺《しわ》が寄り、目がさらに見開かれ、歯の生えていない歯茎が全て見えるような形で剝き出しになった。私は激しい恐怖を感じた。身体《からだ》中の力が抜け、電流のような悪寒が繰り返し繰り返し、私を駆け巡った。その顔が、Ｋの顔になったのだった。酷《ひど》く痩せ、目を剝き出しにしたＫが、その全ての歯が取れた口を開きながら、私の顔を凝視していた。

「お前に、どうすればなんてないんだよ。いいか、お前には、そんなものは用意されてないんだよ。どうすることもできない状態で、苦しみ続けるんだ。そのままだ。そのまま、死ぬまで、苦しみ続けろ」

目が覚めた時、私はベッドの上にいた。辺りが、私が嘔吐《おうと》したと思われる吐瀉物《としゃぶつ》で酷く汚れていた。

『手記3』

大学を中退し、仕送りを止《や》めてもらい清掃会社でアルバイトを始めたが、すぐ首になり、喫茶店で働くようになった。首になった理由はわからなかったが、恐らく、当時の私は何かの役になど立たなかったのだろうと思う。奇妙なことだが、当時どのような気持ちでいたか、何を考えていたかなどの、内面に関わる殆《ほとん》どが記憶から抜け落ちていた。夢遊病の患者のように生きていた、と言っても大袈裟《おおげさ》には当たらなかったかもしれない。喫茶店は、私が当時客として通っていた店だった。薄暗く、近くにあったどの喫茶店より味が悪かったが、どういうわけか、私は二つ駅を越え、よくそこで放心したようにコーヒーを飲んでいた。覇気のないアルバイトの女が辞めた後、募集の張り紙を見つけ、なぜだかわからないがそうしなければならないような気がし、面接を受けた。

そこを経営していたのがリツ子だった。リツ子は私を関心のない目付きで眺めた後、働く曜日を告げた。そこにはどこか、断るのが面倒だという態度さえ見えた。営業の間、彼女はよほどのことがない限り二階の自室に引き籠《こも》っていた。店内が込み始めても、私の姿を横目で見ながら店を出ていくこともあった。

リツ子は当時二十二だった私より十二歳年上で、髪が長く、地味な服が身体《からだ》によく馴染《なじ》んでいた。失踪《しっそう》した夫の残した店を守りながら、土日はスーパーでレジを打ち、私が働くようになって一月もすると、週の大半でレジを打つようになった。常に静かであり、断りを入れることなく様々な行動をした。私と最初にセックスをした時も、自分から行動したにも拘《かかわ》らず、してあげているという態度があった。閉店後の店の椅子《いす》に座りながら、私は上に乗ってくるリツ子を無抵抗に受け入れていた。

祥子《しょうこ》に別れを告げた時、彼女は私の予想とは違い「様子を見ることにする」と言った。奇妙な言葉だったが、彼女の口から発せられると自然な響きがあった。私のような人間を、彼女の人生に入り込ませていいはずがなかった。私は捨ててくれればいい、と勝手なことを言ったが、彼女は承諾しようとしなかった。

私は武彦からも遠ざかろうとしていたが、彼は理由を付けよく会いに来た。彼は退学の理由を聞くことはなく、ただ何気ない素振りで話しかけてきた。そこには、キャッチセールスを辞めたことを咎《とが》める姿勢もなかった。

大学を辞めた理由はなかった。ただ、もう行けないと思ったからだった。あの頃の私は、殆ど何も考えていなかった。青い服の少年と話をし、病院に三日ほど入院してから、元の生活に戻り、人と会話もしたが、私を人間と呼ぶのは難しかったかもしれない。意志と行動が、上手《うま》く結びついていかなかった。何かを考え、思い出そうとすると、頭の後部が熱くなり、そのまま気を失うことがあった。ただ自分が何かを漠然と求めている、という感覚だけはあったような気がする。自分の問題に浸り続けるあまり、祥子を初めとして多くの人間を傷つけることになった。病院でカウンセリングを勧められたのを最後に、通院もやめた。自分の内部を世界に開くなど、当時の私にできるはずがなかった。

リツ子は、奇妙な行動をよく取った。

彼女は何かの宗教を信仰していたわけではなかったが、毎日夕方の六時になると、自宅の換気扇の辺りで手を合わせ、祈っていた。一度その最中に音を立てた時、冷酷に睨《にら》まれたことがあった。一日が過ぎる度、カレンダーの数字を塗り潰《つぶ》すのも日課にしていた。興味がなかったこともあるが、理由を知ったのは大分後になってからだった。店には、スーツを着た端正な顔立ちの男が、月に一度、多い時で二週間に一度の割合で来店し、時折二階のリツ子の自室に上がっていくこともあった。彼はよく、私の顔を訝《いぶか》しそうに眺めることがあった。リツ子の情夫だろうと思っていたが、彼は探偵だった。そのことを知ったのも、同じく後になってからだった。

セックスの時、リツ子は必ず私の上に乗り、それ以外の姿勢を取るのを許さなかった。一度、自分が満足した時点で、射精を待たずに身体を離したこともあった。会話を嫌い、常に態度と空気で何かを告げた。そのことを私がどう考えていたか、よく覚えていない。おそらく、何とも思っていなかったのだろうと思う。

半年が過ぎた頃、彼女がスーパーにレジを打ちに出掛けている時、二階のビデオデッキが作動し、自動録画され始めたことがあった。見ていると、それは平凡なニュース番組に過ぎなかった。意味がわからなかったが、一枚の新聞の切り抜きを見つけた時、神経が揺さぶられるような感覚を覚えた。それは私の中に長い間欠けていたものであり、その日、初めて彼女に自分から言葉をかけた。頭の中には、自分の身にこれから起こるだろう出来事、そして何かに定められたような巡り合わせに対しての、恐れがあったのも確かだった。今思えばその恐れは、切り抜きを見た時に私が全《すべ》てを、自分で決めていたことを表していた。

＊

三時に帰宅した彼女は、物憂《ものう》げな表情で私をぼんやり眺め、服を脱げと手で合図をした。あの頃、彼女はスーパーから帰るとセックスを求めることが多かった。だが、私は新聞の切り抜きを見せた。彼女は、溜《た》め息をつくように肩を落とし、私をきつく睨んだ。

「これ、何？」

「あなたには、関係ないこと。服を脱いで」

「答えたら脱ぐよ」

「じゃあ脱がなくていい」

彼女はそう言うと、煙草《たばこ》に火を点《つ》けた。

「なあ…」

「関係ないでしょう。大体、どこで見つけたのよ。机を勝手に開けたの？　そんなことする人には見えなかったけど」

「違うよ。君に言われた通り掃除してたら、机の下から出てきたんだよ」

彼女は眉《まゆ》をひそめ、私から視線を外さなかった。強く吹く風で、部屋の薄い窓がカタカタ音を立てた。クラクションが鳴り響き、怒鳴り合う声が聞こえた。点けたままになっていたテレビには、新しい戦争の情報が流れていた。

「高原信夫さんの長女で、当時四歳だった瑞枝《みずえ》ちゃんを殺害したとして逮捕された十五歳の少年が、過去にも同様の殺人を犯していたことが取り調べ中明らかになった。ここに書いてあるよ。高原って、君の名字だよ。夫がいなくなっても、名字は変えてなかったんだ」

「関係ないでしょう」

「あのカレンダーは何だよ。少年が出てくる日を、待ってるんだろう？　復讐《ふくしゅう》するのか？　でも」

「静かにしてよ、関係ないじゃない」

リツ子は切り抜きを奪おうと私に詰め寄り、軽く揉《も》み合う形になった。反射的に振り解《ほど》くと、彼女はバランスを崩し、床に両手をついた。手を貸そうとしたが、彼女は触れようとしなかった。

「あなたには……、あなたには、関係ないでしょう？　そうだとしたら、何だっていうの。給料だってあげてるし、セックスだってしてあげてるじゃない。なのに、これ以上、何を望んでるの。何なのよ、私にとっては、これが全部なの。誰にも、誰にも邪魔なんかさせるわけにいかないの。警察に通報するなら、今すぐあなただって殺してやる」

彼女が泣いていると気づいたのは、その時だった。

「殺すのか？」

「何度も言うけど、関係ないでしょう？」

「その少年が出てくるのは、いつだよ」

「だから、あなたには」

「いいから答えるんだ。いつだって聞いてるだろう」

気がつくと、そう叫び声を上げていた。私が他人に対して大声を上げたのは、青い服の少年を除けば、十五の時以来、初めてだった。彼女は私の不意な変わりように驚いていたが、それは私も同じだった。

「まだ、先。気が遠くなるほど遠いの」

「人間を、殺したことがあるのか？」

「あるわけないでしょう。ねえ、お願いだから、このことは」

「俺が代わりにやってやるよ」

そう言った時、声が震えた。

「え？」

「だから、俺が代わりにやってやるよ。人間を殺すってのは、君が考えてるほど、簡単なことじゃない。精神的に、きついんだ」

「でも、そんなこと、あなただって同じじゃない」

「いや」

「ねえ、何？　あなた……」

「大丈夫。俺は一度、殺したことがあるんだ」

＊

その日から、私とリツ子の間に奇妙な連帯の空気が流れ始めた。それは外側から見れば、愛情のようにも見えたかもしれない。私達はよく身体を求め合うようになり、リツ子も、私がどんな体勢をとらせても抵抗することがなくなった。よく声を上げ、私の身体をきつく抱きしめることも多くなった。でも、それはやはり愛情ではなかった。彼女は人を殺す不安を共有できる相手を見つけ、私は、未来の殺人者に自分と同じ臭《にお》いを嗅《か》ぎ取ったのだった。奇妙な連帯の、その根底にある違和感を打ち消すように、セックスをした。六畳間の、狭い空間に敷かれた布団《ふとん》の上で、私達は時間を消費していった。

あれほど抵抗があった、自分が殺人者であるという告白、それが滑り落ちるように口から流れたのは、いつまでも不思議な現象として私の中に残った。今考えてみると、やはりリツ子の中に同類さを感じたのだと思う。彼女は自分の子供の復讐であるから私の殺人とは違うものだが、それでも彼女の中にある殺意に、反応したのだろうと思う。しかしリツ子は、私を深く詮索《せんさく》しようとしなかった。なぜだかはわからない。知れば私の行いを憎み、この連帯と、自分の中にある殺意が揺らぐと思ったのか、あるいはただ、私のことを殺人代理人として割り切っていたのか、いずれにしろ、今となってはわからない。今リツ子が何をしているのかも、私は知らないのだった。あるいはこの手記を書き進むことによって、あの事実を掘り下げていくことによって、彼女の今が見えてくるかもしれないのだが。

なぜ私はその少年を殺すと彼女に言ったのか。私はそれに、明確な答えを見つけることができなかった。その考えは、まるで直感のように浮かび、私の全てを支配していた。リツ子を助けたいという想《おも》いは、少なかったと思う。その少年に怒りを感じたわけでもなかったし、そもそも、私には資格がなかった。当時の私は夢遊病者のように生きていたので、それがどんなに大きなことであろうと、深く考えていなかったのだろうか。自分の人生をもっと壊してやりたいという衝動が、そうさせたのだろうか。それとも、殺人者という自分の特性を、愚かにも、誰かに役立てたかったのだろうか。それとも、そういった様々な要因が絡《から》み合った結果だろうか。可能性としてはもう一つあるのだが、それは私がもっと後に思ったことであり、ここでは記さないことにする。今それを記せば、いたずらに手記を混乱させることになるだろうと思う。私は順を追って記していきたい。そのことには、後に触れることにする。

当時四歳だったリツ子の娘を殺したのは、十五歳の少年だった。その頃彼女の家族は東京に住んでおり、加害者の少年は、その目的のためだけに千葉から出向いていた。彼女の家の庭から姿を消した娘は、翌日、川の中で遺体として見つかった。着衣に乱れはなく、死因は腕による扼殺《やくさつ》。加害者は性的な目的で幼女を誘い出し、声を上げられ、動揺して殺害。遺体を川に放り投げて帰宅した。少年はその一週間後に、地元で当時六歳の幼女を連れ去ろうとして通行人に取り押さえられ、逮捕された。瑞枝ちゃん事件の目撃証言と少年の容貌《ようぼう》が著しく一致しており、追及された結果、少年は自供することになった。少年は過去にも、十四歳の時に六歳の幼女を同じく性的な目的で殺していたことも明らかになった。

当時は、十六歳以上の少年しか刑事事件の対象にならなかった。少年は家庭裁判所

『手記3』

で審判を受け、医療少年院送致となった。反省した様子は窺えず、犯罪を犯した自分が大学に行けるのかという心配を、周囲に漏らしていたという週刊誌の記事が存在する。リツ子はその後、事件の詳細を知るために民事訴訟を起こし、賠償金の全額を養護施設に寄付した。少年の家庭は中流のサラリーマン世帯であり、その後離婚。リツ子は夫と共に、事件のために住み難《にく》くなった東京を離れ、この地に移った。夫はその折に仕事を辞めて喫茶店を開店したが、その後失踪した。「あの人は、この事件に向き合う強さがなかったのよ」とリツ子は言った。リツ子によれば、彼はこの事件を蒸し返すことに反対し、受けた傷をまず癒《いや》すと主張することで、掘り下げなければ傷は癒《い》えないという彼女と対立することになった。リツ子が復讐を語った時、彼は彼女を殴った。それが、初めての暴力だった。日が経《た》つにつれ、夫の奇異な行動が目立つようになった。テーブルの上に、本を積み上げては崩すという行為を繰り返したり、リツ子のことを、毎日のように瑞枝と呼ぶようになった。失踪の理由について彼女は、復讐を誓っている妻と、娘を失った喪失感の両方を抱えることに恐怖し、狂ったのだと考えた。リツ子はそのことで自分を責めることはなかった。むしろ、自分を置いて先に狂い、姿を消した夫を恨んだ。

「あの時、考えたの。どちらを選ぶか。私の子供を殺し、私の人生を破壊した人間が生きていることを生涯恨み、憎み続けるのか、その人間を殺し、恨みをはらし、でも自分は人殺しだという意識を生涯抱えるのかを。私には、でも殺すことしか考えられなかった。だけど、もう私は生きていたくない。あの少年が死んだら、私も死ぬ。本当はもう死んでしまいたいのだけど、あいつが生きているかと思うと、とてもそんなことはできない」

リツ子がこういった話をしたのは、私が少年の殺害を口にしてから、一週間ほど経った頃だった。私達は店の営業が終わると、殺人の計画を練るようになった。計画は、どうすれば捕まらずに済むかというより、どうやれば確実に殺すことができるかに重点が置かれていた。リツ子は抑揚のない声で淡々と語り、私も静かに自分の意見を挟んだ。トラックが通ると振動が走る狭い部屋は、ストーブを焚《た》いても中々暖まることがなかった。彼女は凶器として、既に刃物を購入していた。刃渡りが二十五センチある、布の鞘《さや》に収まった業務用の包丁だった。初めに見た時、微《かす》かに緊張したことを覚えている。リツ子が通帳や印鑑などをしまっているタンスの引き出しに、それは入っていた。

だが、接点のない人間を確実に殺す方法を考え出すことは、予想していたよりも難しいことだった。リツ子は初め、少年の行動を把握すれば、殺人は容易だと考えていた。少年が一人で、特に夜に出歩くことでもあれば、そこを狙《ねら》えばいいと私に言った。だが、私は殺人者であるが、プロではなかった。肋骨《ろっこつ》の間を抜けて心臓を突くことも、首を一度で切り裂くことも容易ではなく、相手の息の根を完全に絶つためには、何度も刺さなければならない可能性があった。その途中に声を上げられれば、場所が路上ならば尚更《なおさら》、邪魔が入る可能性は大きかった。私の頭の中には、Kの母のことが浮かんでいた。路上で待ち伏せしていた彼女は、私を殺すことに失敗したのだった。凶器も、同じだった。私が刃物で肉を切るというあまりにも直接的な感触に、その時になって臆《おく》するという可能性もあった。

人間を一度きりの機会で、失敗することなく確実にその場で殺すためには、凶器が刃物である場合、私のような素人《しろうと》では幾つかの条件が必要だった。できれば現場が周囲から遮られた空間であり、刺し損ねたとしても、もう一度刺せることが望ましかった。この計画に、失敗は許されなかった。失敗すれば警察に連行され、私が自白しなかったとしても、リツ子に疑いがかかるのは目に見えていた。そうすれば、彼女が復讐できる可能性は著しく低くなるのだった。いずれにしろ、私達の計画は、少年の行動の把握を余儀なくされた。少年が出院した後、顔を知られていない私がその役目に決まった。リツ子は、刃物以外の方法も含めた効果的な殺し方を、もう一度検討することになった。

刃物を鞘から引き抜いている彼女に、「犯罪に一番必要なのって何だと思う？」と質問されたことがあった。触れればすぐに切れるように見えるほど、それは新しく、よく磨かれていた。答えを見つけることができない私に向かって、あの時彼女は呟《つぶや》くように、「信頼関係よ」と言った。

この行為が正しいのか正しくないのか、当時、彼女は表面的には悩んでいなかったように見えた。彼女の言葉をそのまま記せば、「そういうことを考えるのは、普通の生活をしている人だけ」ということだった。「復讐による殺人が理論的に正しくないと言われても、もしも真理のようにそれが証明されたとしても、やらざるをえない」彼女はよく私にそう話した。だが、質問をしない私に敢《あ》えて自分から話したということは、彼女にも何かしらの引っかかりがあったのかもしれない。この状況に自ら巻き込まれることを選んだ私に、その理由を彼女は最後まで聞かなかった。だがもし質問されたとしても、前に書いたように、上手《うま》く答えられなかっただろうと思う。

私の様子を感じ取ったのかわからないが、武彦がよく客として来るようになった。

四度目の来店だったあの日、リッ子の姿を見て、できているのかと聞いた。私はどう答えればいいのかわからず、ただ頷《うなず》いた。

「そうか……。いや、まあ、こんなこと言うのも変だけどさ、祥子ちゃんとくっつくと思ってたから」

彼はそう言うと、彼女の話をしてもいいかと聞いた。今は聞きたいとは思わなかったが、頷くしかなかった。

「彼女、お前のこと心配してる。ほんとに、普通じゃないくらい、心配してるんだ。よく俺にお前の様子を聞いてくるよ。でも、このことは言わないでおくよ」

「いや、いいよ」

「でもさ、お前だって」

「いいんだ。ありのまま言ってくれればいい。幸せそうだとか、何でもいいよ。考えてみれば、俺はあの子に近づくべきじゃなかったんだ。勝手な話だけど」

「どういう意味で？」

「とにかく、駄目なんだよ。彼女は、いい人間なんだ。俺には資格がないんだよ」

「だから、どういうことだよ」

「いずれわかるよ。いずれ、全部わかる。悪いけど…」

「でも、その時は、お前はどうにかなってるんだろう？　俺にだって、そんなことくらいわかるよ」

思わず取り乱した彼を見て、抑えていた気分が乱れるのを感じた。だが、彼らにもう甘えるべきでなかった。私は、彼が帰るまで口を開かなかった。

武彦と入れ替わるようにして、あの探偵が入ってきた。私が情夫だと誤解していた彼は、リツ子の依頼によって、少年の出院時期や家族の住所などを調べた、探偵事務所の調査員だった。切れ長の鋭い目を持ち、リツ子には過ぎた精悍《せいかん》な顔つきの男だったが、私には、どうも彼女に特別な感情を抱いているようにしか見えなかった。実際、契約はもう終わっていたが、彼はこの店に来ることをやめていなかった。

あの時、彼はいつものように私を訝《いぶか》しそうに眺めた。他人からそういう視線を受けることに慣れていたが、彼に対してだけは、微かに動揺することがあった。さっぱりとした顔つきの奥に、気味の悪い、粘りつくような執念深さが垣間見《かいまみ》える瞬間があった。

彼は近づきながら、「彼女はパートですか」と聞いた。頷くと、物憂《ものう》げな表情でしばらく私を見、時計に視線を移した。いつもと、どこかが違っていた。彼はそれから、ちょっと話があると言った。

「リツ子はいませんよ」

「違う。君に少し、話があるんです」

私は近くにあったコーヒーカップを意味もなく拭《ふ》き始めた。彼は、どう切り出すか迷っているような感じだった。私はそれを先に予想しようと考えを目まぐるしく浮かべていた。どういうわけか、酷《ひど》く緊張していた。彼は口を開いたまましばらく私を見ていたが、やがて、絞り出すように言葉を出した。

「君は、しかし大変な男だな」

「え？」

「今から八年前、横浜のS池、と言えばわかるでしょう」

彼はそう言うと私を真《ま》っ直《す》ぐに見た。私は激しく動揺していく自分を抑えながら、彼の言っていることを頭で整理しようとした。男は時間をかけて煙草《たばこ》に火を点《つ》けた。

「一体、どういう因果で君がリツ子さんの所にいるんだ…」

その時、携帯電話が鳴った。彼は私を見ることなく店の外に出、その相手と短く会話をして戻ってきた。その間、私は上手く考えをまとめることができなかった。彼はそれから、急用ができたと言った。

「あなたの都合のいい時でいい。時間をもらえないか」

「今日にして欲しいんですが」

「いや、今日は…。明日、いや、明後日《あさって》にしよう。同じ時間に、また来ますよ。この時間、リツ子さんはいませんから。ああ、念のために言いますが、彼女にこのことは言わないで頂きたい」

「今ここで、お願いします」愚かにも、私はそう繰り返していた。

「だから、無理になったんです。しけた不倫調査だが…。人間は常にくだらないことをしていかないと生きていけないんですよ。あなたも、僕も同じです。まあ、もうすぐ終わりになりますけどね」

彼はそう言うと眉間《みけん》に一瞬皺《しわ》を寄せ、私の反応を待たずに店を出ていった。私は、治まらない心臓の鼓動を、カップを手にしたまま聞き続けていた。

自分の部屋に数日振りに戻った私は、探偵の男が口にした言葉を、繰り返し思い出していた。どうして、彼があのことを知っているのだろうか。どこかで調べたのだとしたら、それは、どういった理由からだろう。なぜ、私のことなど調べる必要があったのか。そしてそもそも、なぜ彼は、まるで私が殺したことまで知っているかのように、話すことができるのだ？　何で、彼にわかるのだ？　目的は、何なのだろうか。彼の仕事はもう、終わっているのだ。私のことを、理由はわからないが、警察にでも言うつもりだろうか。警察……、私は、自分が手錠で繋《つな》がれ、細い縄で引かれていくところを想像した。多くの人間に眺められながら、憎悪《ぞうお》をぶつけられながら、警察の車両に乗り込んでいく。恐怖に身体《からだ》が竦《すく》んだが、同時に、妙な感覚があった。それは、快楽と呼べば大袈裟《おおげさ》だが、ある種の心地好《よ》さだった。私はわからなくなった。既に持病になっていた頭痛が始まり、視界が霞《かす》むように狭くなった。意識的に首を何度か振り、考えを振り払おうとした。だが、それは何かの固まりのように、頭の中に重く、居座り続けた。楽になりたいと、思っているのだろうか。だがなぜ、捕まることが、楽になることなのだろうか。というより、捕まれば、楽になるのだろうか。しかし楽になることが、私に許されているのだろうか。考えながら、意味もなくテレビの角を凝視したり、Ｋの母の封筒を取り出し、またしまったりを繰り返していた。乱れていく思考の中で、このまま考えていけば確実に、自分が狂っていくような気がした。ふと、誘惑に駆られた。狂えば楽になれるという、睡魔に似た誘惑だった。私はそれに身をまかせたいと思いながら、同時に抵抗しようとした。携帯電話の着信音に気がついたのは、その時だった。相手は祥子で、私はもう電話に出ないつもりだったが、気がつくと話をしていた。彼女は今から数分後にこちらに来ると言い、私の返事を待たずに電話を切っていた。

祥子が来るまでの間自分が何をしていたか、思い出すことができない。次の記憶は玄関に現れた彼女の姿で、それからのことは（度々思い出したこともあり）よく覚えている。彼女は部屋を一通り眺めた後、向き直って「痩《や》せたね」と言った。私は、ただ黙っていた。

「何だか、似てきたね」

「何に？」

「悪魔、だよ」

祥子は唐突に、しかし真面目《まじめ》な表情でそう言った。私は一瞬嫌な感じがしたが、上手く笑うことができた。

「見たことあるのかよ」

「あるよ。子供の時、絵本で見たもん」

祥子は座ろうとせず、コートも帽子も脱ごうとしなかった。私はベッドの上に座ったり、立ち上がったりを繰り返していた。

とする」

「その悪魔はね、明るいのが嫌いなのよ。光が当たると逃げて、暗いところに入ろうとする」

「それに、俺が似てるのか？」

「うん。頬もこけちゃってるし、目の下に隈《くま》があるしね」

「なるほど」

私はもう一度笑ったが、力が入らず、それは息のようにしか聞こえなかった。外が寒かったのだろう、祥子の頬が赤くなっていた。それを見た時、なぜか息が苦しくなった。

「別に、あなたを咎《とが》めるために来たんじゃないよ。言ったでしょう？　様子を見るって。だから来たの」

「ならわかっただろう。俺がどういう人間か。君にあんなことをしておいて、もう別の女をつくってるんだ」

「だから、前に言ったでしょう？　あなたはそんなに…」

「違うんだ」私はそう言い、意味もなく、座っていたベッドのシーツを強く摑《つか》んでいた。自分が泣いていると気づいたのは、その時だった。突然だったこともあり、狂ったのだという思いが、一瞬頭をよぎった。だが、そんなことはもう、どうでもいいように思えた。私は祥子の目を見、滑稽《こっけい》にも涙を流しながら、口を開いていた。

「俺は、君が考えているような人間じゃない。卑劣な、そう、めちゃくちゃに卑劣な人間なんだよ。君が想像しているよりも、ずっと、ずっと、最悪なんだ……。十五の……、十五の時、酷い病気をしたんだ。TRPっていう、身体中に斑点《はんてん》が出る病気だよ。俺は死ぬと思った。実際、治療が効かなかった場合は殆《ほとん》どの確率で死ぬ病気だった」

突如喋《しゃべ》り始めた私を、祥子は息を呑《の》んで見ていたような気がする。自分が、何の脈絡もなく、突然告白しようとしているのだと思った。抑えようと思ったが、それを可能にする強い抵抗の力を、もう自分の中に感じることはできなかった。

「俺は怖かったよ。死ぬのが、怖くてたまらなかった。医者は治るって言ったけど、どんどん酷くなる自分の身体に、そんなことは信じられなかった。俺は恨んだよ。生きていられる全部の人間をさ。何で自分がこんな目に遭うんだって、繰り返し思った。みんな死ねばいいって、思ったこともあったよ。今考えてみれば、俺は死ぬことの恐怖を憎悪でごまかしていたのかもしれない。本当に怖かったんだ。死ぬってことが、死んでもう永久に何も考えられないことが、何も体験できないことがさ」

祥子が何か言いかけたのを、私は手で制した。妙な言い方だが、あれは嘔吐《おうと》のようだった。考えることもなく、言葉が次から次へと私の中から出ていた。

「俺はそんな中で考えたんだ。死ぬ恐怖を感じなくなる方法をさ。俺は、この世界の全《すべ》てを否定しようと思った。生きている人間や、この世界の成り立ちや、今こうやって死ぬのが怖いって思っていることや、これからの自分にあるはずだった幸福や、そういったものの全部をさ。死んでもいいって、むしろ死んでやるって、思うようにしたんだ。それは上手《うま》くいった。ああ、気味が悪いくらい、上手くいったんだよ。病気が進むにつれて、精神が虫に食われていくような気がした。俺は奇妙な場所にいたんだ。この世界に確かに存在するドロドロとしたもの、皆が眉《まゆ》をひそめるような、そんな固まりの中にだよ。不治の病と闘う、感動的な子供とは正反対の、悪意の固まりだよ。俺は自分の中にあった、多くのものを失った。いや、こういう言い方は間違ってる。自分から、捨てたんだ。あの時の俺は、確かに何かの悪魔か、妖怪《ようかい》みたいだったよ。髪も抜けて、顔中に紫の斑点があって、内面の憎悪が表情までも支配してさ。君の言う通り、十五歳の、悪魔だよ」

そこまで言い、息が途切れた。息が切れていなかったら、あのまま狂うまで喋り続けていたような気がする。そこからの私は、比較的冷静だったと思う。だが、吐き出したいという衝動は、もう止めることはできなかった。

「でもね、治ったんだよ。信じられるかい？　ある日を境に身体がさ、みるみるよくなっていったんだよ。あんなに病状が進んで、医者も、親も諦《あきら》めていた状況でさ。原因もよくわからなかった。死ぬつもりだった俺は、わけがわからなかったよ。だってそうだろう？　そんなことってあるかい？　俺は世界を否定していたんだ。それは理屈じゃなくて、思念の固まりみたいに、俺の中の全部を満たしていたんだ。誰かに説得されて、変化するようなものじゃなかった。わけがわからないまま、退院した。その時にさ……、その時、世界が一変していたんだ。殺伐として、味気なくて、何の意味も感じることができなくて、全部が、ぼんやりとさ…ねえ、世界をそんな風に感じたことがあるかい？　もしかしたら、俺の精神が、おかしかったのかもしれない。あと一ヵ月もすれば、また元に戻ったのかもしれない。でも、確かにあの時、世界は俺の前にそう存在していたんだ。自分のすることの全てが、どうでもいいものなんだと思った。頭にあったのは、どうせいつか死ぬってことだけだよ。通行人の頭を、いきなりはたいたこともあった。駐車している自動車の窓を割ったり、ベンチに座ったまま一日動かなかったり…、死のうと思った。でもそれも、別に悲嘆に暮れたわけじゃないんだ。どうでもいいけど死のうって、思ったんだよ。何もかもが、くだらなく見えた。首を吊《つ》るロープを買って、公園に行った。そこに、Kがいたんだ。かつて親友だった男だよ。彼は本当に、いい奴《やつ》だった。よく相談にのってくれた。近所の公園で、夜中まで話していたこともあった。あの日も、彼は変わってしまった俺のことを心配していたんだ。こんな俺のことをさ、君や、武彦みたいに、すげえ心配していたんだよ。なのに俺は……、ねえ、何であいつは泳げなかったんだろう？　紙袋なんて頭からかぶってさ、泳げないんだよ。なあ、聞いてるのか？　しかも…、そう、しかも、信じられるかい？　あの時の俺は、どうでもいいっていう、そういう感覚だったんだよ。いや、ひょっとしたら、青い服の少年の言う通りかもしれない。自分の命を助けるために、やったのかもしれない。Kを殺していなければ、確かに、俺はあのまま自殺していたんだ。俺の中の何かが、自分に衝撃を与えるために、どうでもいい冗談のようなものだっていう殻を被《かぶ》せて、俺を、そう動かしたのかもしれない。だとしたら、こんなめちゃくちゃな男はいないよ。ああ、こんな、ぐちゃぐちゃな男はいない……、でも、そうかもしれないんだよ。今になって思うと、その可能性だって、確かにあるんだ…。しかも、俺はその後、世界が変化した後も、助けようとしなかったんだ。聞いてるのか？　もう既に違っていたのに、助けなかったんだよ。俺は…」

祥子を見、すぐに視線を外した。私はまだ泣いていた。

「俺は……、君といると、苦しくなるんだ。苦しくて、たまらないんだよ。青い服の少年は、どこに行っても俺のことを見ているんだ。君が俺に近づけば近づくほど、俺はあいつを呼び出すんだよ。でも、今こんなことを言うのは間違ってるのかもしれないけど、俺は君の幸せを、願ってるんだ。こんな俺でもさ、君の幸せを願うことくらいは、それくらいの資格は、あるような気がするんだ。君に、幸せになって欲しいんだよ。上手く言えないけど、自分でも何を言ってるのか、わからないけど、君が幸せになれれば、俺は一つ、人生を肯定できるような気がするんだ。自分の人生じゃないよ。俺の人生なんて、肯定できるもんじゃない。この世界をさ、色々なものが存在するけど、それでも肯定できるような気がするんだ。君は、俺なんかに関わったらいけない人間なんだ。幸せになるべきの、人間なんだよ」

「でも」と祥子が言った。「それでもあなたは、生きていかなければならないでしょう？　そうでしょう？　生きていかなければならないんだよ。生きているには、何かが必要じゃない。だから」

「いいんだ。もう、誰にも迷惑をかけたくないんだ。本当は、こんなことも、言うべきじゃなかった。俺は君達に迷惑ばかりかけてる。もう、終わりにしよう、俺は…」

あの時、祥子は目に涙を浮かべていたような気がする。その涙が何を意味していたのか、私は考えることもできなかった。祥子は何かを懸命に言おうとしながらも、言葉を出せないでいた。彼女を追い立てるように帰した後、気絶するように眠り、酷《ひど》い夢を見た。私がどこかの少年の腹部を、あの包丁で刺し続けている夢だった。表情を歪《ゆが》めた少年の顔は次第に私の顔になり、気がつくと、私が悶《もだ》えていた。自分の悲鳴で目が覚め、眠るとまた痛みが走った。

二日後、店に探偵の男から、待ち合わせの時刻と店を指定した電話がかかってきた。彼がこの店に来ることを考えていたので、一瞬気が抜けたように感じたが、状況は変わらなかった。リツ子は電話の最中こちらに視線を向けていたが、時間通り帰ろうとする私に少しの関心も見せなかった。

店は寂れた居酒屋で、繁華街の裏にあり、私はその存在すら知らなかった。既に来ていた男は私を見ると、カウンターからテーブルに移った。私達の他に客の姿はなく、店内に設置されたテレビの音が響き渡っていた。

「本題から入らせてもらうけど」

男は酒を飲んでいたが、少しも酔った様子がなかった。

「君達が何を企《たく》んでるのか、教えて欲しい」

「企む?」

「とぼけても無駄だよ。できるだけ早く、答えて欲しい」

Kのことを予想していたので、一瞬、彼が何を言っているのかわからなかった。リツ子との殺人計画のことだと気づいた時、新たな緊張が身体に走った。だが、彼に何の関係があるのかわからなかった。彼の仕事は、もう終わったはずだった。私は、しらをきり通すために、うんざりとした表情を努めてつくった。

「よく、わかりませんが」

「僕は、この仕事を引き受けたことを後悔してるんだ」

男は煙草《たばこ》に火を点《つ》け、煙の行き先を見つめた。

「まあ、引き受けなければ彼女に会うこともなかったんだが…。妙な依頼だと思ったよ。少年院に入所している少年の出院時期と、その家族、親類の正確な住所…。初め、何かの事情があって、会うに会えない姉弟なのかとも思った…。だから、加害者と被害者の遺族という関係を知った時、驚いたよ。復讐《ふくしゅう》するのだとしたら、依頼を断ろうとも思った。余計なことに、関わりたくなんかないからね。だけど、彼女は違うと言った。裁判所の情報が十分じゃないから、もっと知りたいのだと。自分の娘を殺した少年がどういう人間で、何をしているのか、出院したらどうなるのか、知りたいのは当たり前だと」

「話がそれだけなら、帰りますけど」

「妙に思いながらも、取《と》り敢《あ》えず納得することにした。僕達の事務所は小さいから、依頼を断る余裕がなかったのも、事実だった。色々、汚ない手を使ってまで調べたよ。でも、少年が出院する予定時期がわかった時、契約は終了した。矛盾しているんだ。少年の今後が知りたいんなら、これからが本当の依頼じゃないか、そうだろう？　考えられることは二つ、あとは彼女自身が調べるか、他の探偵事務所に依頼するか…。いずれにしろ、色々詮索《せんさく》しようとする僕が邪魔になるようなことを、これからするということだよ」

「帰ってもいいでしょうか」

「君をリツ子さんの店で見た時」男は会話を止《や》めようとしなかった。「正直、気味が悪かったよ。妙な奴だと思った。君とリツ子さんとの間に流れる空気にも、ぞっとするものがあった。僕は君のせいじゃないか、と思った。君が来てから、彼女の態度がおかしくなったような気がするんだよ。つまり最初はただ知りたいだけという彼女の願望が、君の登場により、復讐に変わったんじゃないか、もしくは、協力者ができたことによって、彼女の復讐の気持ちがより強固になったんじゃないかと。個人的には、前者であって欲しいんだがね。君のことを、ちょっと部下に調べてもらった。ろくな奴じゃないと思ったからね。中々、苦労したよ。でも、色々、わかってきたことがあったよ。色々とね」

彼はそう言うと、煙草のフィルターでテーブルを軽く叩《たた》いた。テレビでは、白衣を着た数人の男がカメラの前で頭を下げていた。私はそれを意味もなく凝視しながら、こめかみから流れてくる汗の温度を感じていた。

「今から八年前、君は大病を患《わずら》っている。そしてその約二ヵ月後に、君の親友のKという少年が、不審な死を遂げている。公園の池に飛び込むという、何とも奇怪な自殺をね。しかもその辺りから、君の様子がおかしくなっているんだ。まるで人格そのものが変わったようだったと、当時のクラスメイトも答えてくれたよ。何かあったと、僕は思った」

男は私から視線を逸《そ》らさなかった。

「僕は横浜に行ったよ。昔、刑事だった頃の知り合いに頼んで、当時の資料を調べてもらった。Kさんの両親が離婚裁判の調停中だったこと、そして、君の証言に基づいて、Kさんは自殺として処理されていること。だけど、色々調べていくうちに、ある事実にぶつかった。クラスメイト達は、彼が事故で死んだと思っていたそうじゃないか。君が刑事に証言した時、その真横にいた人間に話を聞くことができた。彼は言ったよ。『みんな、あいつは自殺するような奴じゃないから事故だと思ってた。なのに、滝川は刑事にまるで自殺したかのように言った。変に動揺してたから、少しおかしいと思った。クラスの中には、あいつがやったんじゃないかって噂《うわさ》する奴もいた』さらに、注目すべき事実がある。Kさんが自殺したとされたちょうどその日、君は家に帰ってなかった。そして、Kさんの母は、君を疑っていたそうじゃないか。君が、自分の息子を殺したのだと」

心臓に、激しい痛みを感じた。彼に様子を見られているだろうと思ったが、動揺している自分を抑えることができなかった。

「どうなんだ？　まさかこんなことを、今になって知られるとは思わなかっただろう？　だけど、事件はもう自殺として処理されている。このまま闇《やみ》に葬《ほうむ》られていくだろうね。誰も、蒸し返そうとしなければ」

「何が言いたいんですか？」私の声は、これ以上ないほど震えた。

「もう一度聞くよ。君達は何を企んでるんだ？」

「脅してるつもりですか？」

「何も脅しているわけじゃない。聞いてるだけだよ。君達は、何を企んでるんだ？」

「どうしてそんなことを気にするんですか？　大体、あなたには関係ないじゃないですか。リツ子が好きなんでしょう？　そうでしょう？　何が目的なんだよ」

「目的は、もちろんリツ子さんが何をしようとしてるのか正確に知ること。それはもうすぐ君が教えてくれる。そして、次の目的はそれを止めることだ。そうするには、君が邪魔なんだよ。協力者がいると、厄介なんだ。今すぐ、彼女から離れて欲しい」

「何もありませんよ。第一に」

私は全ての神経を自分の言葉に向けた。

「僕があの日家に帰ってないのは確かですよ。でも、そんなことが証拠になるんですか？　あとはあなたの直感だ。いや、そうであって欲しいという、あなたの願望だ。脅しにもなりはしない。それに、動機がない。僕がなんで、Kを殺さなければならないんですか？　黙って聞いてれば、めちゃくちゃだ。いい加減怒りますよ」

「動機？」

「え？　ああ、動機です」

「最近の殺人に、動機なんて言葉は通用しない。あなたが一番、わかってるんじゃないですか」

男はそう言い、私を真《ま》っ直《す》ぐに見た。透き通るような、しかし厳しい視線だった。

「近頃の異常な犯罪に、明確な動機があるかい？　あいつらは絶対に、人間を殺すということを、しでかさなければならなかったのかい？　いや、そんなことをする必要はなかったんだよ。そんな必要はないのに、彼らはそういうことをやるんだ。『人を殺してみたかった』そんなのは、言ってみただけだよ。少なくとも、そう信じ込んでいるだけだよ。こんな不可解な言葉が、その不可解さゆえに世間からもっともらしく、センセーショナルに聞こえることを彼らは知ってるんだ。なら、なぜ彼らは人を殺したのか。絶望がそうさせるんだよ。少なくとも、彼らが絶望だと思い込んでいる彼らの生活や、人生の状況が、そうさせたんだよ。人間を殺すことに直接結びつかない、例えば両親の不仲や、仕事に就けないことや、引き籠《こも》って自分の人生に希望が持てないだとか、そういう関係ないことが理由になってるんだ。なら、なぜそういった絶望した人間の行動が殺人へと繋《つな》がるのか、わかるかい？」

男は淡々と、しかしはっきり聞こえる声で喋《しゃべ》り続けていた。私は興味のない表情をつくりテレビに視線を向けていたが、もうそこに何が映っているのか、何が聞こえてくるのかもわからなかった。

「今の、その現状を変えるために、だよ。こういう言い方は妙に聞こえるかもしれない。でも僕はそう考えてるんだ。昔、東京で刑事をしていた時、色々な犯罪者を見てきたよ。堕《お》ちるところまで、堕ちていく。自分の人生を、一度破壊したい。凝縮された悪意が、爆発を望む場合もあるだろう。でも、彼らが潜在的に考えているのは、その後さ。犯罪を犯すことで、警察に救いの手を求めている、と言っても言い過ぎじゃないかもしれない。逮捕される瞬間、この手の犯罪者はほとんど抵抗を示さないんだ。普段の生活から逃れるように、犯罪を犯す。もちろん状況はより絶望に近づくだろう。でも、その現状が嫌で仕方がない場合、自殺をも視野に入れている場合は特に、幾らかの自棄《やけ》の感情も手伝って、この現状を終わらせることができるのなら、どうなったって構わない、この目茶苦茶な俺をどうにかしてくれとでも言うように、犯罪を、しかも注目されるような犯罪をして、警察に助けを求めるように、逮捕されて連れていかれることを望むんだ。彼らは居場所を求めていて、結果的に、警察はそれを与えることになる。自殺する代わりに、人を殺しているようなものだよ。あとは、何もしなくていい。将来のことも、自分の生活のことも、考えないでいい。弁護士や、検察が勝手に話し合い、自分の処遇を決めてくれる。まるで、赤子に戻ることを望んでいるかのようだよ。勇気が出ずに死に切れなかった自分を、他人の手が、死刑という形で丁重に殺してくれる場合だってある。彼らはね、結局自分のことが可愛《かわい》くて仕方がないんだ。少年事件なんて、もっとその傾向が顕著だよ。捕まれば、鑑別所や少年院の中で、今まで経験したことのない暖かさと熱心さで、囲んでもらえるんだ。非行の原因は寂しさであって、自分を見てもらいたいがゆえの行動であるなんて、よく知られたことだよ。犯罪が酷ければ酷いだけ、皆が注目する。彼らは絶望を口にするが、潜在的に救いを求めてるんだ。本当に、迷惑な奴《やつ》らだよ。僕はね、うんざりしてしまったんだよ。こういう奴らを相手にすることに」

男の視線は、私から離れることはなかった。

「しかし、君はどうだろう？　考えてみたんだが、どうもはっきりしない。でも、どうせ何かしらの絶望感を抱いていたんだろう？　病気が影響したのかもしれないな。まあ、それが本当に絶望だったのかどうかは知らないがね、当人が決めることだから。そうした絶望感の中で、人を殺すという考えが浮かんだんじゃないのか？　人を殺せばこの絶望が終わるとか、もしくは、人を殺せば何かしらの変化があるとか、そういいいいいいいいいいいいいいいいいいいいいいいいいいいいいいう勘違いを抱いていたんじゃないのか？　その時に、たまたまK君がいた。違うかい？　警察に捕まりたいという考えがあったとは、思えないからな。その様子を見る限りでは」

「あなたは、探偵を辞めて学者にでもなればいい。どこかの二流にはなれるかもしれない」

「君の表情には、しかし苦痛の跡が見て取れるよ。君を最初に見ると皆、目を見張るんじゃないか？　誰だって驚くだろう、そんなにやつれた顔には、そうそう出会うもんじゃない。君は、最近では少ない存在かもしれないな。刑事だった頃、以前逮捕した少年に街のゲームセンターで会ったことがあったよ。まあ、もう二十歳くらいにはなってたけどね。通行人の女性をいきなり刺して、高校二年の時に少年院に行ったんだ。僕は彼を見つけて、説教したよ。ちゃんと働け、こんな場所で遊んでる場合かとね……。被害者の女性は、精神的な後遺症に苦しんでいたんだよ。その時彼が何て言ったと思う？『俺はもう少年院で罪を償った、賠償金だって払った。もう終わったことじゃないか』……。ねえ、今はそんな時代なんだよ。彼は丸々と太っていた。以前にも増して醜かったよ。捕まえても、きりがない。刑事の仕事を不毛に感じたよ。君は、幾らかマシなのかもしれない。マシな分だけ、苦しみは大きいだろう。もちろん、マシといっても、少しだがね」

「リツ子が好きなんでしょう？　あなたは俺が邪魔なだけだ。俺を追い出して、彼女を説得して、その隙《すき》に取り入ろうとでも思ってるんでしょう」

「大分脇道《わきみち》に逸れてしまったが、その様子を見る限りでは、君にもどれか、思い当たることがあったんじゃないか？　でも、驚いたよ。よりによって、君のような人間がリツ子さんといるなんてね…。人間は波長が合うもの同士が寄り集まるというが…。

そうでないことを願うよ」

「それなら、あなただって同類なのかもしれませんよ。あなたは歪《ゆが》んでるんだ」

そう言うと、男は外していた視線をもう一度向けた。

「言っておくが、僕は君のような卑怯《ひきょう》な人間じゃない」

「そうでしょうか」

「君からどう思われようと、そんなことはどうだっていい。事件と向き合い続ける彼女を、少しでも助けたいと思っているだけだ。馬鹿《ばか》な考えを、やめさせたいだけだ。人間なら、そう思うのは当然だろう」

男の表情から滲《にじ》み出た明らかな善意に、あの時、私は激しい嫉妬《しっと》を感じた。

「リツ子はでも、最初は騎乗位しかさせてもらえませんよ」

私がそう言うと、彼は一瞬眉《まゆ》をひそめた。

「君がこのまま彼女といるつもりなら、考えがある。僕は色々と手を回すことができる。あの少年を殺せば、君は二人殺したことになり、死刑かもしれないな。実際、君達はもう、警察に存在を知られているよ。これは確かな情報だ、間違いない。僕は、彼女に幸福になってもらいたいだけなんだ。そのためなら、どんなことでもする、どんなことでもね……。何なら、僕のことを事務所に訴えたっていい。辞めることなんて、今となってはどうだっていいんだ。この仕事も、不毛でね…。いつ辞めたって構わない」

男はそう言うと目を細め、立ち上がりながら私の顔を睨《にら》んだ。それは、目障《めざわ》りな虫ケラを眺めるような、蔑《さげす》んだ視線だった。私は俯《うつむ》き、彼を見返すことができなかった。

「いいかい、早く彼女から離れるんだ。余計なことをするくらいなら、死ね。わかったか？　君に何の意図があるのか知らないが、リツ子さんを巻き込むな。お前に、そんな権利なんかないんだ。大体、僕はお前のような奴らが大嫌いなんだよ、この…」

彼はそこで言葉を止め、そのまま店から出ていった。恐らく、続けて『人殺しが』とでも言うつもりだったのだろうと思う。

少年が出院する日が来た。

私は新幹線に乗り、栃木県のある街へと向かった。少年の父親の住むマンションに行くためだった。母親は再婚していたために、出院した少年がまず父親の方へ行くことになると、リツ子は予想していたのだ。念のために、少年の祖父母や親戚《しんせき》の住所も、調べてあった。もしも少年がそのどこにも身を寄せなかったとすれば、例えば既にアパートなどを用意して一人暮らしを始めるのだとしたら、計画は大幅に遅れることになった。だが、少年は予想した通り、父親のマンションにいた。手渡された写真と実際の少年の様子は大分違っていたが、目や、口元に確かな面影があった。細身で背が低く、眼鏡をかけ、一見すればどこにでもいる、内気で暗そうな、二十歳の男だった。私は彼の生活をまず把握するために、ウィークリーのマンションを二週間で契約した。リツ子は滞在費として金を渡そうとしたが、私は断った。当時、多くの金を持っていたわけではなかったが、受け取ることは筋違いのように思えた。この計画はもう、彼女を手伝う意味合いを超え、自身の問題として私の中に存在していた。少年の殺人計画を意識する時、妙なことだが、微《かす》かな心の平安を感じることがあった。私はその自分の心の動きに疑問を感じたが、深く考えるのを避け、我を忘れるように少年を調べた。その探偵の真似事《まねごと》は、上手《うま》く機能していた。少年の行動が思ったより一定していたことも、要因の一つだった。

土日を除く平日、彼は自宅から二つ先の駅の予備校に通っていた。一時にマンションを出、予備校が終わるのは七時、駅近くのファーストフード店で食事した後、電車の最終時刻である十一時三十分頃までゲームセンターで過ごし、最終電車で帰宅するという繰り返しだった。どうやら、本当に大学を目指しているようだった。駅から彼のマンションまで二百メートルしかなく、人通りもあり、彼が一人になることはなかった。土日もコンビニ以外に出かけることはなく、確実に殺害するのは困難に思えた。ただ、予備校での選択が大学検定コースであり、六ヵ月の期間であるとわかったことが、唯一《ゆいいつ》の収穫だった。少なくとも、彼は半年の間、この地を離れることがない。リツ子に電話を入れた時、彼女はしばらく沈黙した後、「やっぱり路上でやるしかない。マンションから出た瞬間でもいい。一か八かやるしかないのよ」と言い、すぐに来ようとしたが私は止めた。何か他に、もっといい方法があるはずだった。

翌日に一旦《いったん》帰ることになっていた最後の日曜、少年が朝早くマンションから出てきた。彼の様子は普段と違い、慌《あわ》てたように階段を降り、歩道を足早に歩いていった。マンションの向かいにある公園から観察していた私は、その急な彼の動きに慌て、見失わないように後を追った。少年のいつになく真剣な様子が、私を緊張させた。何かがあると、思わずにいられなかった。

やがて、繁華街に出た。細い路地を抜け、信号を渡り、少年は足を休めることがなかった。これほど急ぐ彼の姿は、一度も見たことがなかった。少年に続いて踏切を潜《くぐ》り、ファミリーレストランの角を左に曲がった時、私は、自分が怪しまれるのを忘れ、目の前に広がったそのあまりにもありふれた光景に、立ち尽していた。

少年は、既に列になっていた人だかりの最後尾に立ち、腕時計を見ていた。十数人並んだ列の先は白い大きな店の入口に続き、立ち並ぶ営業用の旗には『感動ＲＰＧ』という触れ込みのゲームソフトの名前と、今日を示す発売日が記されていた。幼女を殺した男が、『感動ＲＰＧ』と称されるゲームソフトを買うために、朝早くから並んでいる。その異常な普通さを、私はいつまでも見続けていた。「そうなのかもしれない」あの時私は、そう声に出して呟《つぶや》いた。怒りとも、羨望《せんぼう》とも区別がつかない感情が、自分の中でうねるように動いていた。彼は、苦悩しないのだろうか。苦悩する必要のない、人間なのだろうか。「Ｋを殺したことを振り返りながら、それに苦悩しない人間になること」私は以前、それを目標としたことがあった。人を殺しておきながら、例えば上ってくる朝日を見て美しいと思い、目に涙を溜《た》めることのできる人間。人を殺しておきながら、感動するゲームを求めようとする人間。私は、わからなくなった。私に、可能だろうか。こう生きることが、私にできるだろうか。これを可能にするものは何であるのだろう。私になく、彼にあるものは、一体何だというのだろう。だが、結局のところ、人殺しである自分は、彼と同種の人間だった。私は、路上で猫を抱いた日のことを、思い出していた。彼は幼女を殺した手で、ゲームのコントローラーを触る。私もＫを殺したこの腕で、祥子を抱いたのだ。乱れていく意識の中、鋭い笛の音で我に返った。ハッピを着た男達が店のシャッターを開き、販売が始まった。私は身を隠し、少年の姿を目で追った。働いていないはずの少年は、一万円札を店員に差し出していた。

店を後にした少年を、まだ尾行し続けた。普段の彼が繰り返す行動ではないので、これ以上続けるのは無意味だったが、どういうわけか私は止《や》めなかった。殆《ほとん》ど何も考えることなく、ただ後を追った。少年の癖、例えば左に重心を傾けて歩くことや、頭を時折激しく掻《か》くなどの動きを見る度、焼けるように頭の内部が熱くなった。落ち着こうとして煙草《たばこ》に火を点《つ》けたが、自分の感情が何であるかわからなかった。

突然、少年が振り返った。私を訝《いぶか》しそうに眺め、身体《からだ》の向きを変えるとこちらに向かって歩き始めた。「見つかった」私はそう思い、少年に何かを問われた時に言うべき言葉を、頭の中で目まぐるしく探した。十日間、私は常に彼の行動を追っていたのだった。服も常に着替えていたし、自分の姿を見られてはいないはずだったが、何らかの要因で、気づかれるのは大いに考えられることだった。私の顔が知られてしまえば、リツ子が知られているのを考えると、殺害が難しくなるのは明らかだった。血の気が引き、息が詰まる中で身体のバランスが崩れた。長く追い過ぎていた。あるいはさっき店の前で茫然《ぼうぜん》と立っていた時、既に少年は私の存在に気づいていたのかもしれない。それが初めてならば、まだ言うべき言葉があるはずだった。彼は私の目の前まで来ると、もう一度視線を向けた。眼鏡の奥にある細く伸びた目、上を向いた醜い鼻、少年の顔の様子が、嫌というほど確認できた。口を開こうとした瞬間、彼は私の横を通り過ぎた。状況が、わからなかった。振り返ると、少年はそのまま後ろに遠ざかろうとしていた。そして彼の前には、赤いランドセルを背負った少女が、辺りにきょろきょろ顔を向けながら歩いていた。それはさっき向かいから、少年と私の横をすれ違った少女に違いなかった。

一つの考えが浮かんだが、それはどういう角度から見ても、理に叶《かな》っていなかった。彼は、出てきたばかりだった。まさか、いや、有り得ることかもしれない。私は思いを巡らしながら、反射的に引き返し、再び少年を追っていた。だが、これ以上は明らかに危険だった。さっき顔を見られているし、すれ違ってなおついてくるという行為は、尾行以外考えられなかった。次に振り返られたら、本当に終わりだった。だが、この状況はどうすればいいのだろう。彼がまた犯行を繰り返そうとしているなら、それを止めることができるのは、この状況の中で私以外いなかった。考えがまとまらない中、少年の後を歩き続けていた。彼の首が微かに傾いた瞬間、民家の角を右に曲がった。植え込みの陰から覗《のぞ》いた彼の姿は、周囲を酷《ひど》く気にしているように見えた。少女に続いて橋を渡り、大きなマンションの角を曲がっていった。私は、見失わないようにそこから走った。

角を曲がった先に見えた光景は、私を酷く驚かせた。彼がさっきの少女と並んで歩いていたのだった。私は緊張し、もう一度マンションの陰に隠れた。辺りに人の姿はなかったが、この様子を見れば、少年よりも私の方がはるかに不審だっただろう。彼に妹などいないことは、既に知っていた。それに第一、知り合いであるなら後をつける必要などなかった。幼女を殺したことのある人間が『感動』のゲームソフトを買い、また少女に声をかける。私はまた自分が混乱していくのを感じたが、猶予《ゆうよ》はなかった。少しでもわかり難《にく》くするために着ていた上着をバッグに入れ、使いきりのコンタクトレンズを捨てて眼鏡をかけた。呼吸を整え、距離を長く保ちながら後を追った。でも私は自分がどういう行動を取ればいいのか、わからないでいた。このまま後をつけ、自分は何をしようとしているのだろうか。どうやって、少年の行動をやめさせようというのだろうか。いや、というより、やめさせようとしているのだろうか。自分は人殺しなのだという意識が、止めようとしても頭の中に浮かび続けた。それは粘りをもった固まりのように、私を摑《つか》み、放さなかった。人殺しである私が、正義を振りかざそうというのだろうか。少年を止める資格が、果たして私にあるだろうか。だが、少女の立場からすれば、どうだろうか。人殺しではあるがせめて、少女を救おうという考えもあるはずだった。自分のことなど、今は考えてはならない。まずは少年を、追わなければならない。歩く速度を速めた時、不意に『今殺せばいい』という考えが刺すように響いた。その瞬間、私は驚いたように身体が震え、歩くのを忘れた。鼓動が、少しずつ速くなっていった。『少年を止めるということは確実に顔を覚えられるということであり、それは今後の殺人が難しくなるということだ。ならば、その場で殺せばいい』。それは自分の頭に浮かび上がったものだったが、どういうわけか、他人の声のように聞こえた。『それなら同時に少年を止めることができる。殺して終わらせた方が、自分にふさわしい』。考えは、いちいち筋が通っていた。しかも少女を助けようとして争いになり、自衛のために殺したという理由なら、リツ子に疑いがかかることもない。しかも、私も罪に問われないかもしれない。卑劣な考えだった。だが、それが卑劣であればあるだけ、そうしなければならないという思いが強くなり、自分にしっくりとくるように思えた。あの特異な状況下で、しかも、よりによってあの一番効果的なタイミングで、なぜ私を殺人へと駆り立てるような、明確な思考が生まれたのか。それは今思い出しても、奇妙に思えてならない。あの時、私は息を切らせながら、辺りを見回した。マンションの花壇に、角のある、手の平くらいのブロックの破片を見つけた。私はそれを掴んだが、首を絞めればいいと吐き捨てるように呟き、その場に叩《たた》きつけて少年の後を急いだ。

　少年と少女は手を繋《つな》いで歩き、少女の方は笑い声さえ上げていた。一見すれば年の離れた兄妹のようにも見えたが、そのあまりにも親しげな様子にはやはり違和感があった。図書館を迂回《うかい》し、自然公園に入った。マラソンコースがあるような、広い公園だった。茶色く舗装された道や、背の高い木々に囲まれた風景は、Kを殺したあの公園を思い出させた。頭痛を感じたが、すぐに痛みが引いた。尾行する緊張感が、痛みを忘れさせているようだった。

　木が立ち並ぶ丘に囲まれた、噴水のある広場に行き着くと、少年は少女をベンチに座らせ、地面にしゃがみ込んだ。辺りに人はいなかったが、ここを犯行現場に選んだのなら、理解し難い大胆さだった。私は歩道から外れて丘に上がり、木々の間を通りながら、広場を迂回するように回った。落ち葉や小枝を踏む音が嫌になるほど聞こえたが、噴水の近くにいる少年には届かないはずだった。少年の背中から二十メートルほど離れた場所に、彼を見下ろすような形で座り、木の陰に身を潜めた。

　少年は少女に広げたノートを見せ、続いて鉛筆を取り出した。会話のようなやり取りの後、少女はそのノートに何かを書き始めた。言葉を聞き取ることができず、状況がわからなかったが、少女が健気《けなげ》に鉛筆を握り、屈《かが》むようにノートに顔を近づけている姿を見た時、そのあまりにも無防備な状態に、嫌な予感がした。少年が、少女の後ろに回った。そのことにより、私からは少年が正面に見えた。少年は辺りに視線を配ると、ベルトに触り、ファスナーに手をかけ始めた。動揺しているのか、酷く動作に手間どっている。息が詰まり、緊張のせいか身体中の筋肉が強張《こわば》った。もう、一刻の猶予もなかった。私は立ち上がったが、その時、一つの場面が私の脳裏に、まるで強要するように浮かんだ。

それは、少年が少女を凌辱《りょうじょく》している行為を、自分が陰から見ている、という場面だった。犯され、殺されていく少女を、自分が何もせずに、黙ったまま隠れて見ている。それは意味がなく、これ以上ないほどの、醜い行為だった。私はなぜこんな場面が浮かぶのかわからず、頭を振った。私は、そんなことはしたくなかった。でも、そうであるのにも拘《かかわ》らず、心臓の鼓動が、少しずつ速くなっていた。このまま黙っていれば、私の目の前に、これ以上ない残酷な場面が展開される。そして自分は、それを隠れて見ているという、卑劣極まりない状態を、体験することになる。そこには、世界の醜悪の全《すべ》てがあるように思えた。これを体験すれば、卑劣さに悶《もだ》え、悪意の中に溺《おぼ》れ、この世界で最もくだらない存在、最も下劣な人間になる。その時、私は恐ろしいほどの感情に襲われるのではないか。快楽を、感じるのではないか。悪意の渦に呑《の》まれ、今まで経験したことのない世界へ、堕《お》ちていくのではないか。息が苦しかった。伸《の》し掛かるような把握できない音が、耳鳴りのように響いていた。これが、自分に相応《ふさわ》しいのではないか。体験すれば、私が望んだはずの、善も悪も感じない存在に、なるのではないか。次第に、視界が薄れ始めた。全てが味気ない絵画のように、ぼんやりと、霧がかかったようにぼやけ始めていた。何だか、様子がおかしかった。どこかで、この感覚を経験したことがあった。十五の、あの退院後の虚無に似ていると思った時、黄色がかった白い固まりが、頭の中に浮かんだ。それは膨脹《ぼうちょう》し、満たしていくように、ゆっくりとした奇妙なサイクルで私の中の何かをゆらゆらと揺らしていた。なぜだかわからないが、上手く考えることができなかった。どうでも、いいのではないかと、私は呟いていた。全てはどうでもよく、誰が死のうが、何がどうなろうが、構わないような、そんな気がした。自分は、今まで何を、悩んでいたというのだろうか。悪だろうが、何だろうが、そんなことを考えて、どうなるというのだろうか。私は、解放されるのだと思った。何だかよくわからないが、柔らかく大きなものの中へと、解放されていくように思えた。何かに抱かれているような気がした。血液が全て下へと降りていくような、染《し》み入るような心地好《よ》さが、全身を包んでいた。まどろむように意識が遠のいていく中、私は咄嗟《とっさ》に、大声を出していた。頭の中に、溺れているKの姿が浮かんでいた。気がつくと、少年に向かって走っていた。身体が熱くなり、視界が狭まり、自分が何をしているのか、もうわからなかった。少年が私を見、何か奇声を上げながら飛びかかってきたが、彼の手は空を切り、その場に倒れた。私もあの時、何か大きな声を上げたような気がする。頭の中に、何かの金属が擦《こす》れ合う音が響き続けていた。少年が這《は》うようにして逃げていった時、私は、腕をだらりと下げて立ち尽くしていた。私と同じように混乱していた少女が、耳を刺すような声で泣き始めた。私はそんな少女を横目で確認しながら、もう嫌なのだと、繰り返し呟いていた。辺りに、人の姿が見え始めた。私の肩を、少女を襲った男であると勘違いした通行人が、強く押さえていた。だが、それに抵抗する力は、私の中にもうなかった。

あの時、虚無とは弱さではないか、と感じたことを覚えている。TRPという、人生の暴力を初めて体験した十五の私は、世界に対して臆《おく》していたのではないだろうか。世界に恐怖を感じた私は、それでもなお生きていこうとする意志をもつことができず、その弱さが、もう何も感じたくないというようにあの虚無を呼び寄せ、私を呑み込むことになったのではないか。そして今、自分の意識が生み出した、というより、自分が感じ、対面した悪意の渦を目の前にし、抵抗するのを忘れ、人を殺し、善と悪の間でもだえる全ての苦しみから逃れようとでもいうように、流れていこうとしていたのだった。あの時の心地好さを、今でも思い出すことがある。私は確かに、大きなものに包まれていたように思う。あの瞬間、私は二度と戻ることのできない場所へと、落ちていこうとしていた。振り払ったのは、恐らく、偶然だった気がする。Kの溺れる映像が浮かばなければ、あのまま、ぼんやり見ていたのかもしれない。凌辱され、殺されていく小さな少女を、見続けていたのかもしれない。だとすれば、今の私はどうなっていただろうか。わからないが、恐らく、この手記を書いてはいない。善や悪のことなど、もはや考えてはいない。あの時、私は放心したように、いつまでも動けなかった。少女があのまま泣き続けていたなら、そのまま警察に連れられていたかもしれない。

それから、武彦と最後の会話をすることになった。

最終の新幹線で栃木から戻り、バス停のベンチに腰を下ろした時だった。殆ど何も考えず、ぼんやり缶コーヒーを飲んでいた。辺りは暗く、遠く離れた駐車場で、数台並んだバスに運転手達が水をかけていた。オレンジの外灯に照らされたその交差する水の飛沫《しぶき》は、その一つ一つを輝かせながら不規則に集まり、美しく弾《はじ》けていた。時折笑い声が聞こえ、誰一人こちらを見る者はいなかった。煙草に火を点けた時、しばらく聞こえていた着信音が自分の携帯電話だと気がついた。相手は武彦だった。

——よかった、出ないつもりなのかと思ったよ。

彼の声は、微《かす》かに震えていた。

——ああ、いきなりなんだけど、あの子覚えてるか？　サチって名前だったんだけど、俺がいつか君に押しつけた、訴えるって言ってた女。

記憶を辿《たど》るのに、時間がかかった。祥子と会うきっかけになった女だった。だが、どんな顔をしていたのか、もう思い出せなかった。

「覚えてるよ」

——そいつがさ…死んだんだ。自殺したんだよ。

「自殺？」

——手首を切ってな、俺の気を引こうとして、試しにやったんだよ。ああ、そうに決まってる。女がよくやる手だよ。でも、深く切り過ぎて、本当に死んじまったんだ。馬鹿《ばか》だよ。ちくしょう。

武彦はしばらく黙った。私はぼんやりとしていたせいか、何を言えばいいのかわからなかった。

——遺書みたいなのを書いててさ、それに、あのキャッチセールスのことも書かれてたらしいんだ。遺書は警察が持っていった。やばいんだ。

「何が？」

私は、本当に意味がわからなかった。

——ん？　だから、わからないのか？　警察にバレちまったんだよ。あの会社のやってることが。このままじゃ捕まるんだ。俺は、しばらく大学を離れるよ。ほとぼりが冷めるまで。だから、もうお前に会えないかもしれない。ああ、でも、心配しなくていい。名簿には、お前の名前は載ってないんだ。給料も俺名義で支払われてたしな。そうやっといてよかったよ。

「どうして？」

——そりゃあ、もしもの時のことを考えてさ、そうしてもらったんだよ。だってそうだろう？　俺が紹介してお前に迷惑かかったら悪いじゃないか。いや、ああ、そんなことはどうでもいいんだ。ただ俺が言いたいのは、お前は何か聞かれたら、知らないと言えってことだよ。わかったか？　それで大丈夫だから。わかったな？

「なあ、何でだよ」

――わかんねえだろ？　ひょっとしたら、俺はお前の給料を横取りしたくてそうしたのかもしれないじゃないか。何も言わないでくれよ。褒められたりすると、きついんだ。特に今は。

「俺は…」

――しかし、今回ばっかりは……。

彼は私の言葉を打ち消すように続けた。

――まいったよ。ああ、マジできついよ。とうとう、人まで殺しちゃったよ。全部、俺のせいだ。彼女とちゃんと話し合ったんだ。今まで誤魔化してたんだけど、俺の気持ちとか、そしたら…。

「気持ち？」

――ああ、いや、まあ、そのことはいいよ。今は、とても言う勇気がない。

受話器の向こうから、自動車の走る音や、人の騒ぐ声が聞こえた。どこにいるのだろう、と思った。それを聞こうとしたが、彼はまた打ち消すように話し始めた。

――今まで色んなことをしたけどさ、やっぱ、踏み越えたらダメなことって、確かにあるんだな。その…怖いよ。正直さ。これから俺が何をしても、例えば、感動する映画を見たって、何かを、やり遂げたってさ、意識の片隅できっと思うんだよ。お前のせいで死んだ人間がいるんだって。もちろん、そんなことを思わない奴《やつ》だっているんだろうけどさ、でも、でもな。多分そういう奴らは、深く考えてないだけなんだよ。いや、ひょっとしたら、無意識っていうか、よくわかんねえけど、そういうのがさ、そいつの精神を守るために、気にしないように仕向けてるのかもしれない。裁判とかになっても反省してない奴いるだろう？　きっとあいつらは、弱っちいんだよ。弱っちくて、深く考えることを避けてるんだ。無意識みたいなのがさ、押さえつけてるんだよ。本人も気がつかないうちにさ。だってそうだろう？　悪人でいられれば、楽だもんな。何だか、何言ってるんだかわかんねえけど、でも、これはお前に、前から言おうとしていたことなんだよ。何でか知らないけど、言おうと思ってたんだ。

「なあ、聞いてくれ」

――ああ、言わなくていい。俺は、お前から信頼されるような人間じゃないんだよ。俺には、もう聞く資格なんかないんだ。今だって本当は、こんなことを言える立場じゃないんだよ、でも…、いや、でもよかったよ。最後に繋がって。後から着信履歴見てくれよ。十回かけたんだぜ。

「なあ、どっかで会おうよ、俺は」

――……さっき俺のアパートに警察が来てたらしいんだ。時間がない……。やることが速いよな。感動的に別れたかったんだけど、ははは、じゃあな。ああ、一つだけ、お前はいい奴だったよ。少なくとも、俺はそう思う。俺と……いや、まあいいや。元気でな。

電話は切れた。明らかに、彼の様子は普通ではなかった。かけ直そうとしたが、なぜかもう彼は出ないような気がした。色々なことが一度にあったせいか、考えを上手《うま》くまとめることができなかった。私はそれから、朝までベンチに座り続けていた。

後でわかったことだが、武彦と祥子が定期的に寝ていたという事実は、私を少なからず驚かせた。いつからかわからないが、多分、祥子が最後に私の部屋に来た後からではないかと思う。私を助けようとした武彦も、祥子と寝ていた武彦も、両方とも彼自身であり、真実なのだ。彼はその矛盾に苦しんでいたのかもしれないが、私に咎《とが》める資格などあるわけがないし、実際、そんな気は持てなかった。私は、彼をいい奴だと思う。そしてできれば、祥子の幸福を手伝って欲しいと思う。祥子の気持ちがどう変化していったのか、私にはわからない。わからないと気づいた時、改めて、私が自分の問題に関わるあまり、多くの人間を傷つけていたことを知ったような気がする。

武彦は祥子にも別れを告げ、東京へ行った。自分の気持ちを抑え、身を引こうとでも考えたのかもしれない。祥子は卒業と同時に、彼の後を追った。今は、共に暮らしている。

ベンチで夜を過ごした後、その足でリツ子の店に向かった。上着が砂や草などで汚れていたが、振り払う気力がなかった。彼女に、少年に顔を見られたことを謝らなければならなかった。店に入るのを憂鬱《ゆううつ》に感じた。あの出来事のせいか、私の中には少年を殺害しようとするエネルギーがなくなっていた。少し、休まなければならない。私は声に出して呟《つぶや》いた。力を、もう一度蓄えなければならなかった。

店が休みになっているのを気にしながらも、裏口から鍵《かぎ》を開けて入った。リツ子がいつも履く靴があるのに、やけに静かだった。階段を上がり部屋に入ると、リツ子が座り込んでいた。私は驚き、息を呑んだ。彼女は頰が削《そ》げ、泣き腫《は》らしたように充血した目で、塗り潰《つぶ》したカレンダーを食い入るように見ていた。新聞紙が無造作に広げられ、近くに、あの包丁も鞘《さや》から抜けて転がっていた。彼女はそのままの姿勢で振り返ると、私に摑《つか》みかかった。

「どうしてなの」

彼女は私の襟首を掴み、女のものとは思えない力で私を壁に叩《たた》きつけた。

「何がだよ」

「どうして、勝手なことするの？　二人で殺すって、言ったでしょう？　何なのよ、どうして、どうして、あんなことするのよ。ああ、違う、そうじゃない、あなたにやれって言ったのは私、そう、私なんだ。でも、この感覚は？　あれほど待ち望んでいたのに！」

「落ち着けよ」

「落ち着け？　あははは、落ち着け？　さすがだわ！　落ち着け……確かに、あなたの言う通り、私は本来、落ち着いてなければならない。でも、たまらないの。あれほど待ってたのに、上手くいえないけど、違うのよ。こんなはずじゃないのよ。おかしい…。ああ、私は…、いや、私も、人を殺してしまったんだ」

「殺した？　誰を？」

「何言ってるの？　あのガキだよ、あなたが殺した、あのガキよ。私がやれって言った、私が殺したんだ」

彼女は力を抜くと、不意にその場に座り込んだ。長く乱れた髪が、彼女の顔を覆《おお》い隠していた。

「待ってくれ、どうしたんだよ」

「は？」

「何があったのか、まず説明してくれよ」

「何言ってるの？　あなたが殺したんでしょう？　新聞に出てるじゃない。栃木の公園で、あの少年が刺されて死んでるじゃない。どうして、あなたは…」

私は混乱しながら、広げられていた新聞を読んだ。そこには確かに、あの少年の死亡記事が載っていた。現場はあの公園の歩道であり、腹部を数回刺されての死亡だった。心臓の鼓動が、少しずつ速くなっていた。リツ子が苦痛に歪《ゆが》んだ顔で私を見ていた。

「俺じゃないよ。わからない。確かに、俺は少年を公園で見た。あいつが少女を襲おうとしてたから、顔を見られる覚悟で、止めたんだ。でもあいつは逃げた。証人だって、いるよ。俺はそのまま帰ったんだ」

「ちょっと待って、え？　わけがわからない、どういうこと」

その時、階段から複数の足音が聞こえた。それは木を軋《きし》ませながらゆっくりと、しかし確かな速度でこちらに迫っていた。リツ子が私の袖《そで》を摑み、何かを言った。無造作にドアを開けたのは見たことのない二人の男だったが、さっき店に入る時、路上で見かけたような気もした。私は意味がわからず、赤子のように、彼らをぼんやりと見ていた。

刑事なのだと思ったが、状況が理解できなかった。背の高い方が、リツ子に対して何かを言った。どういうわけか、彼とリツ子は顔見知りのようだった。

「違うの」リツ子が突然、狂ったように叫んだ。「違うの、あれは、私がやったの、ええ、この人は違う。罰を、そう、私が」

リツ子はそう言い、なぜか私を両腕で激しく押した。私はバランスを崩しながら、「待ってくれ」と声を出した。刑事はリツ子に視線を向けず、私になおも近づこうとした。どういうわけか、刑事が近づけば近づくほど、私は今の状態がとても自然であるように思えた。私は待ち構えるように口を開き、言葉を言いかけていた。高く激しい音が鳴り響いたが、それが刑事の携帯電話であると気がつくのに、少し時間がかかった。

背の高い方の刑事が話している最中、私は、いや、私達はまるで、何かの審判を待っている気持ちに捉《とら》われていた。不思議だったが、私が言おうとしていたことは、「俺がやった」というものだった。私は殺していなかったが、そう言いたくてならなかった。なぜだかはわからない。だが、あの時の私は、それが当たり前のような気がしていた。

刑事は話し終えると、リツ子を見、微かに口元を緩めた。だが、その表情は奇妙なほどに青ざめていた。「チャイムを押しても、出なかったので……、でも、そうか…、私の、間違いというか……。でも…、やりきれんなあ…」

彼はもう一人の刑事に何かを言ったが、携帯電話を手にしたまま、部屋の柱にもたれかかった。

「事件はもう、御存じですよね。あなたにお話をうかがおうと思ったのですが、いや……、あの少年を殺したのは…、Jさんだと、Jさんの奥さんと、いうことです……。あなたなら、これがどういうことかおわかりでしょう……」

リツ子はいつまでも視線を変えず刑事を見ていた。Jは、少年が逮捕された時に取り調べで明らかになった、彼が十四歳の時に殺した幼女の母親の名字だった。

＊

復讐劇《ふくしゅうげき》、ということもあり、事件は大きく報道された。私が少年の行為を公園で邪魔したあの日、Jさんはこれまでもずっと殺す目的で少年の後をつけていて、脅《おび》えたように走ってきた彼を刺した。ということは、少年を尾行していた私の後ろに、常に彼女もいたということになる。私は、数日にわたり、彼女の行為を邪魔し続けていたという格好になった。噴水の広場で私から少年が慌《あわ》てて逃げたことにより、少年の周囲に人がいなくなり、彼女はそのタイミングを逃しはしなかった。彼女が少年を追う私をどのように見ていたのか、今となってはわからない。

Jさんが連行されていく場面は、繰り返しテレビから流れた。どこにでもいるような、小太りの、眼鏡をかけた四十三歳の女性だった。報道陣に囲まれながら警察車両に乗り込んでいく彼女の様子は、私を少なからず驚かせた。うつむくことなく前を見ている彼女の表情は、当たり前のことをしたような、充実したものだった。自分がなぜ犯罪者なのか、なぜ連行されるのかわからないとでもいうようで、その落ち着いた態度には迷いが見えなかった。リツ子は私の横で、茫然《ぼうぜん》としていた。彼女に何を言えばいいのか、私にはわからなかった。

リツ子は一人で部屋にいることが多くなり、店は常に閉店になっていた。私は毎日店に行ったが、彼女に拒否され、部屋に入ることができなかった。私は一日の大半を、閉めてある店の中で過ごした。一度探偵の男が来たが、私の顔を見るとすぐ帰っていった。

一週間ほど経《た》った頃、部屋から降りてきた彼女が「この店を閉める」と私に言った。私は何となく予想していたので、驚きはしなかった。彼女は私を真《ま》っ直《す》ぐ見ると、なぜか頭を下げた。そして、「ごめんなさい」と繰り返した。彼女は泣いていた。

「あの時……、テレビでJさんを見た時、私はショックだった。本当なら、あれを見て私は、自分でなかったことを悔しがるか、もしくは、少年の死を喜ばなければならないはずだった…、私は…、彼女の表情を、あのとても充実したような表情を見て、目を逸《そ》らしてしまった。あなたが少年を殺したと勘違いした時もそう、私は喜ばなければならないのに、ヒステリーみたいに、取り乱した…、どうしてそんなことをするんだって、とても矛盾したことを思った。自分が、わからなくなった。あれほど復讐を誓ってたのに、自分の全部を賭《か》けて、待ち望んだのに、いざなってみると、私は…」

彼女は倒れ込むように、椅子《いす》に腰を下ろした。

「私は、ずっと、考えていたことがあった。でもそれは、上手く言えないけど、何なのか、わからないことだったのよ。何なのかわからないことを、私はずっと、頭の片隅で考えていたの。でも、今、少年が死んで、そしてそれに自分がとても動揺しているのを知って、わかったような気がする。それは、自分の子供を殺された私には、その殺す、という行為自体を、憎み続ける責任があるんじゃないか、ということよ。私のことを、勝手な人間だって、思うでしょう?」

私は首を振った。

「夫は……、今になって思うと、私を、この殺されて殺し返すという、この場所から、私を、遠ざけたかったのだと思う。この場所から、遠くへ行きたかったんだと思う。私は……今さら、もう、遅いかもしれないけど、夫を、捜しにいくことにしたの。だから、この店は、今日で、終わりにする。勝手なことばかり言って、あなたには、謝りようがない。あと少しで、あなたを殺人者にするところだった」

そう言った時、彼女は気がついたように喋《しゃべ》るのを止《や》めた。私は、彼女の言葉に気がつかない振りをした。

「あなたのことは…、私はよく、知らなかったけど、いい人間だったのか、あなたを好きだったのかも、わからないけど……、生きていて欲しいと思う。あなたが、過去に何をやったのだとしても」

私は、泣くのを我慢することができなかった。

「どこかで、苦しんでいてもいいから、生きていなさい。私も、同じように、生きているから」

携帯電話が鳴っていると気づいたのは、しばらく経ってからだった。相手が私の母であるとわかった時、どういうわけか、私は既に不安な気持ちに捉われていた。だが、突きつけられた現実の知らせは、私の予感を大きく超えるものだった。

「もう一度、言ってくれないか？」

私のその声は、酷《ひど》く震えていた。

「だから、K君のお母さんが、その…。亡《な》くなっていたみたいなの。悪い病気で……。もう、半年も前だっていうのよ。離婚してたから葬儀も実家の方で行われてて、この間、N君のお母さんに偶然会って、彼女が言うには……」

「あれは……」

自分の全てが砕けていくように、床に座り込んだ。涙が溢《あふ》れ、どう足に力を入れても、立ち上がることができなかった。私は、突如おかしくなった自分に、激しく混乱していた。私の脳裏には、自分がKの母に殺される場面が、繰り返し、繰り返し、浮かび続けていた。自殺を考える度に、いつも頭にちらついていたのは、これだったのだろうか。私は、彼女に殺されることを、どこかで望み、考えていたとでもいうのだろうか。私には、わからなかった。だが、この喪失感は、何だというのだろう。自分の行き場所は、もう本当になくなったのだというこの思いは、何だというのだろう。

意識の奥から、止めどなく溢れる考えが、渦を巻くように湧《わ》き上がっていた。視界が狭まり、叩きつけるように、鼓動が鳴り続けていた。だが、後一つ、やらなければならないことがあった。私の中には、もう、少しの抵抗も残されていなかった。

「あれは…」

「言ったら駄目よ」

あの時、確かに私の母は、叫ぶようにそう言ったような気がした。

人殺しという自分を抱えながら、最後まで生きるということ。喜びも、小さな幸福もない人生を、最後まで見届ける勇気を持つということ。そう思った時、一瞬、祥子の顔が頭を掠《かす》めたような気がした。目の前には、私と同じように泣いているリツ子がいた。私はリツ子に、Kの母を見ていたのかもしれない。そして、殺そうとしたあの少年に、自分を重ねていたのかもしれない。

「あれは、俺がやったんだ。Kは、俺が殺した。俺がKを、S公園で、池に突き落として殺したんだ——」

『＊＊』

O病院から見える風景は、十年前と異なっていた。二つの高層ビルが建っただけで、とても印象が違って見える。夜になっても幾つかの窓から明かりが漏れ、ぼんやりと、中で動いている人間達が見える。それは否応《いやおう》なく、私に生活を意識させる。違う人生を、連想させる。だが、私は今の自分を放り出すわけにはいかない。

警察に出頭し、神奈川に身柄を移された私は、横浜拘置支所に収容された。どのような判決が出るのかわからないが、私がいかに主張しようとも、行いとは到底釣り合わない軽い刑罰が予想された。私のことは、殆《ほとん》どニュースにならなかった。新しい戦争が始まり、画面からは連日死んだ人間の数が報道されていた。

拘置所での生活も、とても罰と言えるものではなかった。独房だったため余計な気を使うこともなく、高カロリーの食事に、消灯までは本を読むことも許されていた。私はしかし、自分の判決を聞くこともないかもしれない。最初の法廷が開かれる二週間前、私は倒れ、警察の管理する病院に収容された。精密検査の結果、このO病院に移された。私が十五の時に入院した病院だった。診断の結果は、TRPの再発。今、私は病室でこの手記を書いている。担当はT医師であり、事情を話し、無理を言ってメモなどを見せてもらった。

恐怖を感じていないと言えば嘘《うそ》になるが、私は、まだ死ぬわけにはいかなかった。Kを殺した、ということを、自分が殺人者である、ということを、意識し続けながら、この人生を生きていかなければならない。こんなところで、簡単に、死んで終わらせることはできない。

先日、祥子が病室にやってきた。明日から集中治療室に入る私にとって、最後の面会者になる。彼女は私が拘置所にいた時も、一度顔を見せてくれた。

「何だか、変わったな。服のセンスがよくなってるよ。普通の女の子みたいだ」

私は病室で戸惑っている祥子にそう言った。きちんと化粧した彼女はクリーム色のロングコートを着、ベルトと同じ茶色のブーツを履いていた。もうそんな季節なのだ、と思った。病室の中は暖かく、窓から見える風景以外に、季節を感じるものはない。

「失礼な人だね、元々普通なんだから」

彼女はパイプの椅子を広げ、コートを脱いで座った。着ていた白いセーターも、彼女によく似合っていた。

「武彦は？」

「うん、最初は来るつもりだったみたいだけど、やっぱり駄目だった。あなたから私を奪ったって、まだ思ってるみたい。どうして男ってのは自分本位に物事を考えるんだろう。私から好きになったのに」

「そういう男なんだよ。…仕事は？」

「小さな所だけど、真面目《まじめ》に働いてるよ。六時に家を出て、一時に帰ってくる。見たらビックリするよ、八キロ痩《や》せちゃったからね、すごい安い給料なのに。私も働き始めたの、派遣だけど。来年も働けるかどうかわからない」

「でも、いいじゃないか。言ってただろう？　平凡がいいって」

「うん……、でも実際は、ちょっと違うのよね。あんな馬鹿《ばか》みたいに働かないと生きていけないなんて、おかしいよ。ここはお金持ちの国なんでしょう？　私も、彼も、ヘロヘロなのよ」

「そうか…大変だなあ」

「大変よ。知ってる？　派遣って、何かと問題があるのよ。同じ場所にいればいいけど、例えば…」

彼女は、涙を流していた。

「どうしてなんだろうね、私、こんなこと言うつもりなんてないのに、もっと、他のことを、あなたと喋りたいのに、何でかな…、上手《うま》く喋れないんだよ」

遠くで電車の走る音が聞こえた。彼女はハンカチも出さずに、横たわっている私をじっと見ていた。

「いいよ。ありがとう」

「ねえ、馬鹿みたいな質問するけど、大丈夫なんでしょう？　死なないよね？　平気なんでしょう？　苦しく、ないんでしょう？」

「苦しくないよ、大丈夫」

「私は…、酷い女だと思う。私は、あなたを」

「違うよ。君には、本当に、感謝してるんだ。君に会わなかったら、今、俺は死ぬことを望んでいたような気がする。これで終わるなんて、虫のいいことを、考えていたような気がするんだ」

「でもそれは、よかったことなの？」

「よかったことだよ。君には、謝らなければいけない。全部、俺が悪いんだから」

「全部悪いって言われると、余計に相手を困惑させることになるのよ。あなたには、そういうところがある」

私が笑うと、祥子も笑ったような気がする。


幸い、まだ幻覚は見えない。意識もはっきりしている。私は、何とか間に合ったのだと思う。どうしても、ここまでは書いておきたいと思っていたからだ。集中治療室から出ることができたら、その時の印象を少し書き足して、必要ならば判決も添えて、この手記を終えようと思う。書いたところで何になるのかという問いに、結局答えることができなかった。ただ、死ぬかもしれないという可能性を前にして、自分が過去にした行為、そして陥った現象を、私が知覚できた範囲で掘り下げたいと思ったとしか、答えようがない。私が体感した悪意というもの、その性質を、何とか把握したいと思った。書いたことで、楽になるということもなかった。むしろ苦痛は拡大し、私を苛《さいな》み続けていたような気がする。人生に起こることが大抵そうであるように、私の生きる決意に関係なく、TRPは再度、無造作に私を襲った。それは、十五の時と何も変わらない。だが、私はそれに、今度は冷静に向かい合いたい。

人を殺した私には、青い服の少年の言う通り、どうすればいいのかという選択肢は存在しない。そういったものを、望むべきでもないように思う。人間を殺すという行為は世界に溢れているが、本来、それに対して何をしても、釣り合いを取ることはできないのだろうと思う。穴を埋めることは、不可能なのだと思う。私がたとえKの母に殺されていたとしても、それは同じだった。そういった歪《ゆが》みが起こる度に、世界は少しずつ、駄目なものになっていくのかもしれない。そして、私もその一人になってしまった。

Kのことを思うと、私の今までの行為が次々と面前に迫り、その度に蘇《よみがえ》る恐怖と衝撃は、近頃、日ごとに強くなっているような気がする。彼ともう一度話すことができるのなら、私はどんなことでもするだろう。Kを殺した自分を、最後まで抱えていくということ。今の私にできることは、しかし、それだけしかない。

明日から、集中治療室に入る。もしもここで終わることになってしまった時のために、念のため、注釈をしておく。手記2からの名前は、アルファベットの混乱を避けるため、主に仮名を用いた。だが少し変えただけであるから、読む人が読めばわかるかもしれない。

文庫解説にかえて
『悪意の手記』について

この本は、僕の三冊目の小説が、文庫化されたものになる。二冊目となった『遮光』という小説を書き終えた二〇〇三年の夏頃、この小説を書き始めた。東京の石神井《しゃくじい》公園近くのマンスリーマンションの部屋を、この小説のためだけに、借りることになった。

そうしなければ、このテーマは書けないと思っていた。デビューしたばかりでお金もなかったのに、別に部屋を借り、閉じこもった。小さいテーブルに相当古いワープロを置き、床に座り、キーボードを叩《たた》き続けていた。

このあとがきを書いている今から、もう十年近く前のことになる。

この度の文庫化で読み返してみて、確かにそういう雰囲気はある、と作者としては勝手に感じたりしている。

この小説は、長編としては恐らく僕の小説の中で最も「マニアック」なものになるかもしれない。こんなことを書くと、従来の読者さんから「いやいや他にもあるって」と言われそうだけど、作者の感覚としてはそうだったりする。実際はどうなのだろう？　わからないけれど、何だかそういう印象を持っている。

こういうタイプの小説を読んだことのない人は多いかもしれないし、驚かれたかもしれないけど、作者としては、この度の文庫化をとても嬉《うれ》しく思っている。

当時（今もだけど）、「猟奇的」と呼ばれるような少年犯罪が多発していた。そういった事件を、僕は遠くからというより、妙な言い方になるけど「彼ら側」から見ていた。なぜなら、思春期の自分を振り返ると、全く他人事《ひとごと》とは思えなかったから。こんなことはあまり書かない方がいいとは思うのだけど、ギリギリまで、沈んでいったことがあった。そうでなければ、こういう小説は書かない。もっと言えば、そうでなければ、作家というややこしい職業を選んだりはしない。

なので、学術的、文化論的ないわゆる「関心」ではなかった。作家になる前、フリーターだった頃、法務教官（少年鑑別所や少年院で教師的な役割をする職業）の試験を受け、受かったりもしていた（その合格発表と作家デビューの知らせが、奇妙にもほぼ同時期だった)。法務教官をしながら作家活動をするのが自然な流れとは思ったけど、僕は器用ではなく、法務教官という仕事柄両立は不可能と考え、作家のみを選ぶことになる。

これは文学作品ではあるけれど、僕個人のことで言えば、自分の中から湧《わ》き上がってしまう、切実な題材でもあった。

執筆開始時二十五歳だった僕が書いたこの小説のテーマは、具体的には『最後の命』という小説と、『悪と仮面のルール』という小説に繋《つな》がっている。そして作中にある、「人を殺しておきながら、例えば上ってくる朝日を見て美しいと思い――」の箇所から、そういった存在が悪を受け止め、飲み込み、反転し「強者」となって出現したのが『掏摸《スリ》』という小説に出てくる悪、つまり木崎になる。なので『掏摸《スリ》』の中で、木崎にわざとこれと似たセリフを言わせたりしている。ちなみに木崎は、『王国』という小説にも登場することになる。

この小説も、僕の作品の流れの中に入っている。『何もかも憂鬱《ゆううつ》な夜に』以降、長編の一人称を「僕」に変えた今とは文体や物語の進め方は違うけど、「精神性」としては共通している。文章、そして小説全体にうねりをつくり出そうとする作風も、デビュー以来、ずっと変わっていない。

小説とは本当に不思議で、この小説を書こうとした時、内容は頭にあるのに、書き出しをどうすればいいかわからなかった。言葉やシーン、テーマが頭に浮かび続けるのにいつまでも出せない状態は、部屋に閉じこもっていたから余計きついものだった。でも「十五の時」と出た瞬間、言葉がどっと溢《あふ》れてきた。なぜなのか、今でもわからない。

この本を読んでくれた、全《すべ》ての人達に感謝する。

二〇一三年　一月　中村文則

（なお、この作品で取り扱った病はある実際の病をモデルにしていますが、文庫化にあたり、病名等を架空のものにしています。そうであるので、文学作品として、この病はあくまでもフィクションです。しかしながら、今後このような加筆はしないつもりでいます。この一例のみということで、ご容赦ください。　中村文則）

この作品は平成十七年八月新潮社より刊行された。

悪《あく》意《い》の手《しゅ》記《き》

新潮文庫　な－56－4

平成二十五年二月一日発行
令和七年四月二十日五刷

著者　中《なか》村《むら》文《ふみ》則《のり》
発行者　佐藤隆信
発行所　株式会社新潮社

郵便番号　一六二―八七一一
東京都新宿区矢来町七一
電話　編集部(〇三)三二六六―五四四〇
読者係(〇三)三二六六―五一一一
https://www.shinchosha.co.jp

価格はカバーに表示してあります。

乱丁・落丁本は、ご面倒ですが小社読者係宛ご送付ください。送料小社負担にてお取替えいたします。

印刷・大日本印刷株式会社　製本・加藤製本株式会社

ISBN978-4-10-128954-0 C0193